# 大丈夫。今日も生きている

田尾沙織

「あなたは晴れた日に生まれたのよ」

小さな赤ちゃんを両腕に抱いて、ベッドに座り、そう話しかけている姿を思い描いていました。

私は息子を産んだ日の天気なんて覚えていません。それどころではありませんでした。

妊娠25週4日、体重500gで生まれたわが子は、想像の赤ちゃんとはまったく違う姿でした。本当だったら、〝人生でいちばん幸せな日〟になるはずが、〝人生でいちばん泣いた日〟になりました。

この日からほぼ毎日、小さな息子の写真を撮りました。

医師に「72時間が山だ」と言われた痛々しい姿の赤ちゃんにカメラを向けるなんて、どうかしていると思う人がいるかもしれません。私も最初はカメラを向けることに罪悪感を覚えてとまどいました。それでも、わが子が生きていられる時間が残り少ないとしたら、この子が生まれた事実を残しておいてあげようと思う気持ちがありました。

もうひとつ、いつかこの子が元気に成長したときには、「こんなに困難を乗り越えて君は大きくなったんだよ」と写真を見せて教えてあげたいと思いました。この写真を元気に成長した息子に見せてあげている、そんな明るい未来を想像しました。

また写真を撮ることは、赤ちゃんを抱くこともできず、突然母となったために、その自覚がない自分に、赤ちゃんが生まれたことを言い聞かせる作業でもありました。入院中のベッドで、通院の往復のバスの中で、時間があればデジカメの画面を眺めていました。

それを見て、「大丈夫。今日も生きている」と確認していました。その確認作業は、暗示のようで、写真を見れば見るほど、そこに写っている命が、すぐにこの世からなくなってしまうとは思えませんでした。

まっ暗な穴に落ちて、遠くの一点の針穴から射す光を目指すように、未来はまったく見えないけれど毎日一歩ずつ光に向かって、暗闇の中を手探りで進むしかありませんでした。

赤ちゃんは奇跡を見せてくれます。NICU（新生児集中治療室）では、手術が必要だと言われていた症状がいつの間にか消え、医師に驚かれていた赤ちゃんもいました。

息子も、生まれたときにはふくらんでいなかった肺が、一度薬を投与したあと正常にふくらみつづけてくれました。開いたままだった心臓の血管も自然に閉じました。

こんなにも弱々しいのに、息子からは「生きたい」というパワーがあふれ出ていました。

私は入院中のベッドの中で、同じような状況の人を携帯電話で泣きながら検索しました。こんなに小さく生まれても生きていけるのか、必死で調べました。

もし今、同じような状況の人がいたら、少しでも希望になれたらと思っています。

今、私自身がつらいときに息子の赤ちゃんのときの写真に励まされるように、何かつらいことをかかえている人が、「人は赤ちゃんのとき、生きようとする選択しかしない」ことを知ってくれますように。

そして、いつか息子が人生にくじけそうになったとき、こんなにも、ただ〝生きたい〟と、もがいたことを思い出してくれますように。

2020年 夏

写真　　田尾沙織
デザイン　宮崎絵美子

大丈夫。今日も生きている

もくじ

※「修正週・月」は、出産予定日を基準に、予定日前の月齢をマイナスで数えた「修正月齢」を示しています。出産予定日だった２０１６年２月８日から数えています。

※本書は、田尾沙織さんの出産から奏介君が退院するまでの日記を抜粋・加筆修正し、退院後から現在までの様子を加えて構成しました。

※P.25、P.26の写真は、看護師提供。

# プロローグ

2015年7月（妊娠3ヵ月のころ）、血圧が最高200㎜Hgまで上がり、産院から総合病院の産科に転院することになった。総合病院で「早産になるでしょう」と産科の先生が言ったその言葉を、私は本当の意味で重くとらえていなかった。

今まで「健康だけが取り柄です」と言ってきたうえに、正常な血圧がいくつなのかも知らなかった。覚えているのは28歳のとき、仕事で海外に行くためにビジネスビザを申請する際、簡単な健康診断を受け、先生に「血圧が低いけれど貧血じゃない？　今の人は痩せている人が多いから、貧血じゃなければ問題ないですよ」と言われ、どちらかというと自分は低血圧だと思い込んでいた。

「早産」という言葉も理解していなかった。早く産まれるって、漠然と1週間とか3週間かと思っていた。赤ちゃんは予定日より何週前なら生まれて大丈夫なのか考えたこともなかった。出産予定日より何ヵ月も早く生まれた赤ちゃんを私は知らなかったし、出産経験のある友達からも、そんな話を聞いた覚えがなかった。

友達のSNSを見ると、「母子ともに健康です!」「かわいい赤ちゃんが生まれました!」と、幸せな投稿ばかりがあふれていた。なんだかんだ言って、みんなと同じように元気な赤ちゃんが生まれてくるのだろうと思っていた。家族もそこまで深刻には考えていなかったと思う。


安定期に入ったころ、先生は「28週が赤ちゃんに障害が出るかどうかのラインです」と言った。もしかしたら、口をすべらせたのかもしれない。

「28週か」と心の中でつぶやいた。普通に日常を過ごしていれば、いつの間にか過ぎてしまいそうなくらい、28週は目前だった。

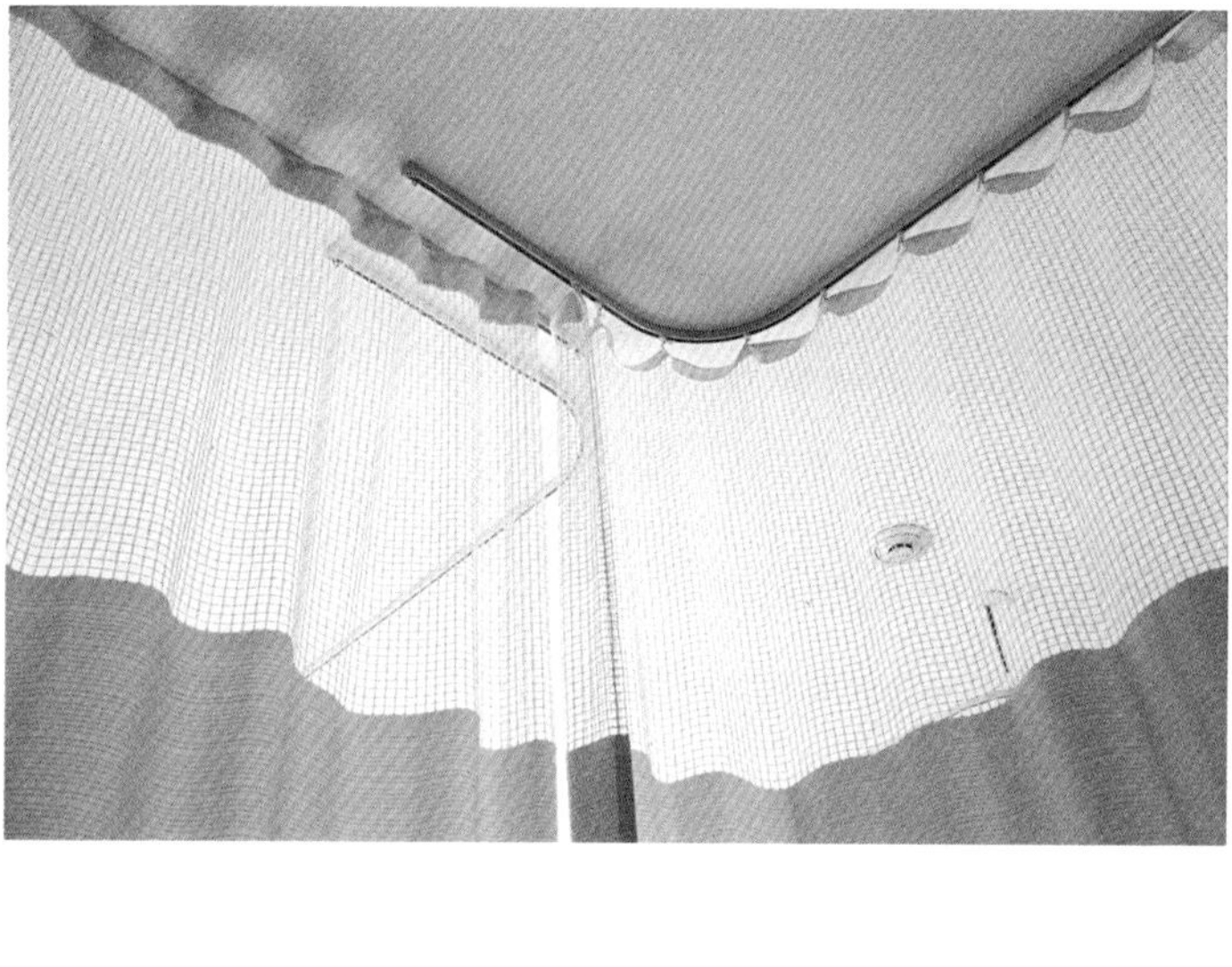

# 入院と出産

# 2015.10

2015年10月28日 ―――

定期健診の日。先生に「赤ちゃんが小さいから、今すぐか、明日には入院するように」と言われた。入院はいつまでするのかたずねると、「赤ちゃんが生まれるまでです」とはっきり言われた。予定日まで3ヵ月半の入院。急すぎてあわてたけれど、妊娠初期のときも血圧が高いという理由で、診察後そのまま車椅子にのせられて1週間ほど入院したので、内心「またかぁ」と思った。

心の準備も支度も何もできていないので、とりあえず入院するのは明日からにしてもらって、いったん帰宅した。幸い仕事が一段落したときだったから、みんなに迷惑をかけることにならずよかった。仕事関係者に電話とメールをして、3ヵ月分の入院準備をした。入院中はどれだけ暇なのだろう…。トランクに読みたかった本を入るだけ詰め込んだ。生まれた直後のわが子の写真は自分で撮りたいと思っていたので、いつも使っている中判カメラとデジカメ、35㎜のフィルムカメラも用意した。どんな状況になるのかわからないから、カメラバッグに入るだけの機材を詰め込んだ。

そして、これからどうなるのか、無事に産めるのか、とてつもない不安に襲われて、一晩中泣いた。

## 10月29日

病院まで夫に送ってもらった。仕事のこと、家のこと、不安は残っているけれど、逃げられるわけではないし、覚悟を決めて入院するしかない。

看護師さんに「部屋が空いていない」と言われ、陣痛待ちの妊婦さんが入る2人部屋に一晩泊まることになった。隣のベッドの妊婦さんは、今日の診察で急に入院することになったらしく、忙しそうに電話をかけていた。私より少し年上のようで、2人の息子さんがいるという。太陽みたいにとても明るい人で、「2度の出産とも切迫早産で3ヵ月も入院したんです。また3ヵ月入院かぁ。でも元気に生まれてもらわないとね！　3ヵ月間、お互いにがんばりましょう！」と言われ、元気をもらった。

明日には別々の部屋になるかもしれないけれど、こんなに明るい人が近くにいるとたのもしい。

切迫早産で入院する場合は、なるべく安静に寝ていなければいけないけれど、私は、病院内に限り、歩いていい許可が出ていたので普段と変わらず過ごした。

新生児がいる病棟を見学に行った。生まれたての赤ちゃんたちは夢見心地で、まだおなかの中にいるみたいに、ふにゃふにゃのキックをしたりしていてかわいかった。新しいノートに、「2月8日に産めるように、102日間の入院はつらいけれど、がんばる」と書いた。

がんばる、と自分に誓った。

## 10月30日

赤ちゃんの心拍数測定をした。おなかに腹巻きのような布を巻いてベッドに横になり、20分間じっとしていた。目の前の機械から山みたいなギザギザが書かれたロール紙が一定の間隔でのびて出てくる。特に問題もなく、看護師さんから「赤ちゃん、元気です」と、いつもどおりの言葉を聞く。私も何も異常は感じないので、そりゃ、いつもどおり元気ですよ、と何も疑わなかった。昼も同じように測定し、同じことを言われた。

15時ごろ、入院したことを仕事関係者に伝えるために、廊下にあるソファで電話をしていると、携帯電話に病院から留守電が入っていた。目の前にいるのに、どうやら私は行方不明で呼び出されていたらしい。

部屋に戻ると、また心拍数測定。一日に何回測るんだろう。レシートみたいにのびていく胎児心拍モニターをぼーっと観察。今回は20分たっても看護師さんが止めてくれない。「もう少し測ります」と言われた。うまく計測できていないみたい。そのまま1時間…いや、もっとたったのかも。わからなくなるくらい長かった。そろそろトイレに行きたいなぁ、と思っていたころ、先生がやってきて、「赤ちゃんの心拍が弱いので別室に移動します」と言った。

先生と入れかわって看護師さんがきて、「必要になったときのために、とりあえず」と、両腕に点滴の針を刺された。〝とりあえず〟にしては重装備で不安がつのったけれど、なんて言い返せばいいのか言葉が出なかった。

別室に行くために立ち上がろうとすると、「このままベッドごと行くから」と大あわてで止められた。私は問題なく歩けるし、元気なのに、自分とまわりの温度差にとまどった。ベッドに寝かされて、「電気とか明るいものを見ると血圧が上がりやすいので見ないでください」と、枕元に置いてあった私のパーカーで目元を覆われ、そのまま有無を言わせず、ごろごろとベッドごと移動を始めた。看護師さんも焦っているのか、なんだか病室の雰囲気が一変した。

何回か廊下を曲がって、何度か自動ドアを通ったみたいだけれど、自分がどこにいるのか、これから何が起こるのかわからず不安だった。しばらくするとベッドが止まってキャスターがロックされた。顔にかかったパーカーをはずすと、うす暗い個室にいた。分娩の準備室だという。初期から診てもらっている産科部長の先生と、最近診てもらっている担当の先生、ほかに知らない数人の先生たちに囲まれていた。

「赤ちゃんが昼間は平気だったのに心拍が弱って見えるのは不整脈みたいなもので、よいときと悪いときがある」「このままおなかの中で赤ちゃんが亡くなってしまうと、母体の命も危なくなる可能性がある」と先生に言われた。自分の命の話になるなんて思ってもみなかった。

「赤ちゃんは今25週4日、推定で500g。現在の医療なら元気なうちに帝王切開をして外に出してあげて、保育器で育てるほうがいい。けれど、今、生まれると肺がふくらまない確率が高い。そのため、母体にステロイドの注射を打って体内で赤ちゃんに届くようにする。ただ、この注射は2日間続けて打たなければならず、赤ちゃんに届くまでに数日かかる。でもそれまで出産を待てないかもしれない」と一気に説明され、現実と思えなくて、何を言い返したらいいのかやっぱりわからなかった。赤ちゃんのために1日でも出産を遅らせたいけれど、私に決定権があるとは思えなかった。不安のなか、先生たちの最善の判断をじっと待つしかなかった。

夫に連絡を入れた。私は何から話したらいいのかわからず、先生に電話をかわってもらった。私の理解が追いつかないほど、速く時間が進んだ。

「今産むか、もうしばらく様子を見るか」

先生たちが話し合うなか、1本目のステロイドの注射を打った。ステロイドは、アトピー性皮膚炎の友達が肌に塗っていて、副作用に悩まされた強い薬という印象があった。それを注射で打って大丈夫なのかとか聞いている余裕はなく、こちらも「赤ちゃんが助かるならなんでも打ってください！」という気持ちになっていた。産むのを待てても1週間か、2週間。1ヵ月は無理らしい。赤ちゃんは1日でも長くお母さんのおなかの中にいたほうがいい。先生の話し合いは多分、4〜5時間続いた。

夫の到着後、今夜産むという決断がおりた。私はずっと泣いていた。本当に今産んで、赤ちゃんは生きられるのだろうか。現状を把握しきれず、頭も心もパンクしそうだった。

〝25週と4日〟は、先生の言っていた、障害が出る可能性のあるボーダーと考えられている28週にまだ届いていない。肺がふくらむ注射もまだ効いていない。何も言葉にならなくて、ただずっと泣いていた。

またベッドごと隣の手術室に運ばれた。初めて見た手術室はまぶしいくらい明るくて、照明さんが入った撮影現場みたいだった。ちょうど今夜、病室で見る予定だった、産科をテーマにした『コウノドリ』というドラマみたいだ。

鼻の下に酸素の管を付けられた。マスクと帽子を身につけた小柄な女性の先生が、しっかりした口調であいさつをしてくれたが、名前を覚えている余裕もなかった。生まれた赤ちゃんを預かる新生児科の先生らしい。

腰椎麻酔を打たれ、おなかを切られ、赤ちゃんが出てくるまではあっという間だった。私には〝おめでたい〟のかどうなのかわからなかったけれど、21時21分、みんながいっせいに「おめでとうございます」と言ってくれた。赤ちゃんは泣かないかもしれないと言われていた。けれど、どうしてもひと目見たくて、先生に抱っこされて目の前を通り過ぎるのを、まばたきをしないように目をこらして待った。

先生の両手にのった小さな赤ちゃんは、私の前を通り過ぎたときに「きゅう」と、まるで生まれたての子猫やネズミが鳴くようにひと声泣いてくれた。正直、赤ちゃんというよりも、小さくて赤い物体が一瞬見えたくらいだった。それでも泣いてくれたことがうれしかった。

しばらくして、手術台に横たわっている私の横に、さっきあいさつをしてくれた新生児科の先生が、保育器に入った赤ちゃんを連れてやってきた。

今まで見たことがない、手のひらくらいの大きさの赤ちゃんは、全身がまっ赤でガリガリで、血管が透けて見えていた。口から管が出ていて、顔や全身をラップのようなもので覆われていて、顔も見えないし、男の子なのかどうかも確認できなかった。立ち上がってよく見たいけれど、まだ私は寝ていなくてはいけなくて、頭だけを浮かせて保育器の中を一生懸命のぞき込んだ。赤ちゃんはぐったりしているのかと思っていたら、足を元気にばたつかせていた。おなかの中でもよく蹴る子だったから、「こうやって蹴っていたんだな」と思ったけれど、あまりの小ささに言葉が出なかった。

「さわっていいですよ」と先生に言われても、どこをさわっていいのかわからなかった。ふれたら骨が折れて死んでしまいそうなほど小さい。保育器の高さを調節してもらい、寝ながら保育器の窓に手を入れておそるおそる赤ちゃんの手をさわってみると、私の人差し指の第一関節に手のひらがすっぽりおさまってしまった。生きているのが信じられないくらい、とてもとても小さかった。

こんなにか弱い命を今まで見たことがなかった。想像していた出産とは違いすぎた。

私は部屋に運ばれて、ただ泣きながら呆然としていた。深夜2時くらいに、ようやく夫が先生の話を聞き終えて病室に来た。とても重たい空気が流れた。

夫が先生の説明を伝えてくれた。

「赤ちゃんは72時間が山で、それを乗り越えても、まだいくつも山があって、どうなるかわからない、そう先生に言われた」と言う。

先生の説明が書かれた紙を見せられた。そこには、きれいな文字で「お誕生おめでとうございます。25週4日」と書かれた下に、「すべての臓器が未熟、呼吸器・肺自体が未成熟、慢性肺疾患のリスク、動脈管開存症、肺出血、脳内出血のリスク、母乳を消化できるのか？　消化管からの感染、壊死性腸炎リスク、脳室周囲白質軟化症のリスク、長期的な発達の評価、感染症、免疫力が低い、未熟児網膜症、難聴」と、目にしたことのない単語がつらつらと並んでいた。

肺はふくらまず、ふくらませるためにサーファクタント（界面活性剤）を肺に投与したらしい。心臓の出生後は余分となる血管が開いたままだけれど、自然に閉鎖できる子もいるので様子を見て、ふさがらない場合は心臓の手術が必要になる。今後、どんな障害が出るかわからない。一生、酸素ボンベが必要になるかもしれない。

赤ちゃんには24時間、いつでも会いに行っていいことになっていた。あの姿と対面するのは怖い。それでも、会わないわけにはいかない。会いたいけれど、今後どうしたらいいのか何もわからず、とにかく怖かった。

心を決めて、夫に車椅子を押してもらい、初めてＮＩＣＵへ行った。

ＮＩＣＵの入り口を入館証で開ける。ＮＩＣＵにたどりつくまでには自動ドアが２つあった。最初に手を洗って消毒をして、インターフォンで名前を言って入る。そして次の自動ドアを通り、もう一度消毒をして、進んだ先がＮＩＣＵだった。

部屋は真っ暗に照明が落とされていて、ブラックライトみたいな紫色のライトが保育器を照らしていた。ピピピッ、ピピピッ、シューシューと定期的に無機質な機械音が、あちらこちらから鳴り響いて、ＳＦ映画の宇宙基地にでも来てしまったかのようだった。

おそるおそる保育器に近づいて見ると、赤ちゃんに巻かれていたラップははがされていた。本当に信じられないくらい小さい。耳の穴はあるけれど、でっぱっていなくて形がしっかりと見えない。まだ耳ができ上がっていない状態なのだと思って先生に質問したら、「耳は大丈夫です」と言われた。脳は平気なのか聞いてみると、「今のところは平気そうです」と言う。こんなに小さいからまだわからないのだろう。それでも、今のところ脳は平気だと聞いて、少しだけほっとした。

泣いた。一生分と思うくらい、泣いた。

赤ちゃんを車椅子に乗せて酸素ボンベを背負い、夏休みの海岸に家族で遊びに行く、そんな風景を想像した。砂浜には車椅子で入れるのだろうか。一生、海に入れないのだろうか。いっしょに泳ぐのは夢のまた夢なのだろうか。

「障害」という言葉を今まで真剣に考えたことのなかった自分に気がついた。男の子だし、成長して私よりもからだが大きくなったら、どうやってベッドへ運べばいいのだろうか。私が年をとったら誰が彼の世話をしてあげるのだろうか。

医療が発展して助けられる命が増えたのだろうけど、生きられるかどうかのギリギリのラインで助けて、でも一生寝たきりだったら、それは医療が発展してよかったのだろうか。あきらめたほうがよかったのだろうか。でも、あきらめるという選択は提示されなかった。

「生きる」とは、どういうことだろう。先生たちは命を助けてくれた。医者は命を救うことが仕事だ。救えるのに救わないわけにはいかない（あと3週間早かったら救命措置をされずに流産となっていた）。こうやって生まれたのは正しかったのだろうか。

津波のように押し寄せる悪い考えを一度には飲み込めなくて、一晩中寝ないで泣いた。本当なら、人生でいちばん幸せな日のはずなのだろう。でも私には、人生でいちばんつらい日だった。

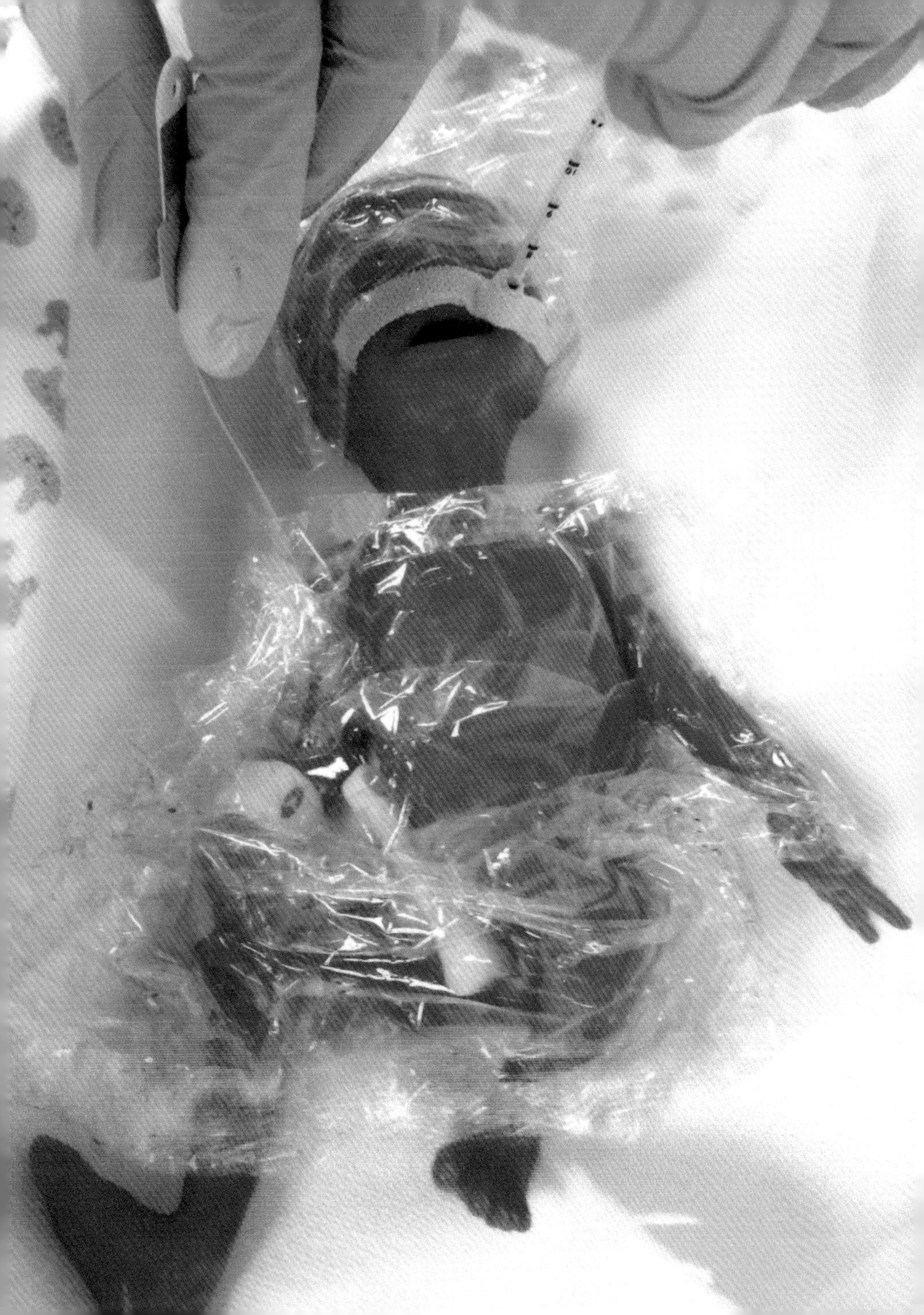

夫は手術前に泣いている私を見て、こんなに泣いているのはおなかを切られるのが怖くて、いやだからだと思っていたらしい。男女の気持ちの差は計り知れない。

## 10月31日

私のいる部屋はMFICUという母体・胎児用の集中治療室だと知った。まさか自分が「ICU」に入る日がくるとはまったく想像していなかった。

帝王切開の出産は痛くないと思っていたけれど、開腹しているのだから痛くないわけがない。看護師さんに支えられながら体重計に乗っ

ただけでほめられるくらいだ。今まで感じたことがない痛みで立ちあがれない。からだを切るって、こんなにも痛いのかと思った。サムライや三島由紀夫はすごいな。

助産師さんがやってきて、さっそく今日から母乳をしぼるように言われた。休むヒマもない。「搾乳」というらしい。こんなに早く産んで、産んだ自覚がなくても母乳は出るのだろうかと、疑問でしょうがないが、「胎盤がはがれると母乳は出るようになっているので出ます」と言われた。人体の神秘だ。

産後、最初の1週間の母乳は「初乳」といって、赤ちゃんに必要な免疫成分が多く含まれているから、とても重要だと教えてもらった。生まれた週数に必要な免疫成分が含まれているらしいから、私の母乳には25週の赤ちゃんに必要な免疫成分が含まれていることになる。自分で乳首をつねるみたいにしてしぼり出す。痛いくらいつねると、驚くことに1滴分の汗ほどの白い液体が出た。それをシリンジで吸い取る。3.5㎖くらい出た。ほんのわずかだったけれど、助産師さんは優秀だとほめてくれた。

この作業を3時間おきにする。搾乳した母乳は看護師さんが回収して、NICUに届けてくれる。そして、赤ちゃんが飲めるようになる日まで冷凍庫に保管される。

今はこれくらいしかしてあげられることがない。子どもを産んだ実感がない私だけれど、ありがたいことに母乳は順調に出た。人間のからだって本当にすごい。体質によって出にくい人もいるだろうし、出るだけでもありがたい。でも、しぼらなくなると、からだが卒乳すると思って出なくなってしまうらしい。せめて一度だけでも自分で赤ちゃんを抱っこして、おっぱいを飲ませてあげられる日まで母乳を絶やしたくない。その日まではがんばってしぼると決めた。

昼間、ひとりでNICUに行ってみた。NICUは角部屋で2面すべてが窓になっている。夜中とはうって変わって部屋は明るかった。

2mくらい広く間隔をあけて保育器が12台ほど並んでいた。私の赤ちゃんの保育器は、自動ドアから入って真正面。NICUでは、「プライバシーもあるので、ほかの赤ちゃんをあまり見たりしないでください」と最初に注意されていた。

同じ保育器がいくつも並んでいるから、間違えていないか確認しつつ、私の名前が書かれたシールが貼ってある保育器をのぞき込んだ。看護師さんにさわっていいと言われ、もう一度アルコールを手に吹きかけて、保育器の窓から中に手を入れた。

赤ちゃんはまだ皮膚ができ上がっていなくて、なでると痛いと感じてしまうので、手は添えるだけ。頭にそっとふれる。手のひらで隠せてしまうくらい小さい。ゴルフボールくらいしかない。足も手もさわり、最後におなかに手をのせた。おなかといっても、私の両手が掛け布団みたいに、からだをすっぽり覆いかくす大きさだった。

赤黒く、血管が透けた骨と皮だけの、博物館で見た何かの動物のホルマリン漬けのようなこの子を、本当はかわいいと心から思えない。でも、「かわいい」と口に出して言ってみた。そうするべきだと思ったから。

妊娠中の自分の外見は、まだおなかが小さくて、最後まで妊婦には見えなかった。大きなおなかをさすって、寝苦しいとか重いとか言いたかった。破水がどんなものかも、陣痛がどんなに痛いのかも、出産の感覚も、赤ちゃんというあんなに大きなものがからだから出てくる痛みも、私は何も知らない。その知らなさは、出産経験のない友達と同じだ。母乳を直接あげる感覚もわからない。自分には母性が欠けているのかもしれないと思った。

1日でも遅く、
1gでも重く産んであげたかった。
すべて自分のせいだと悔やんだ。

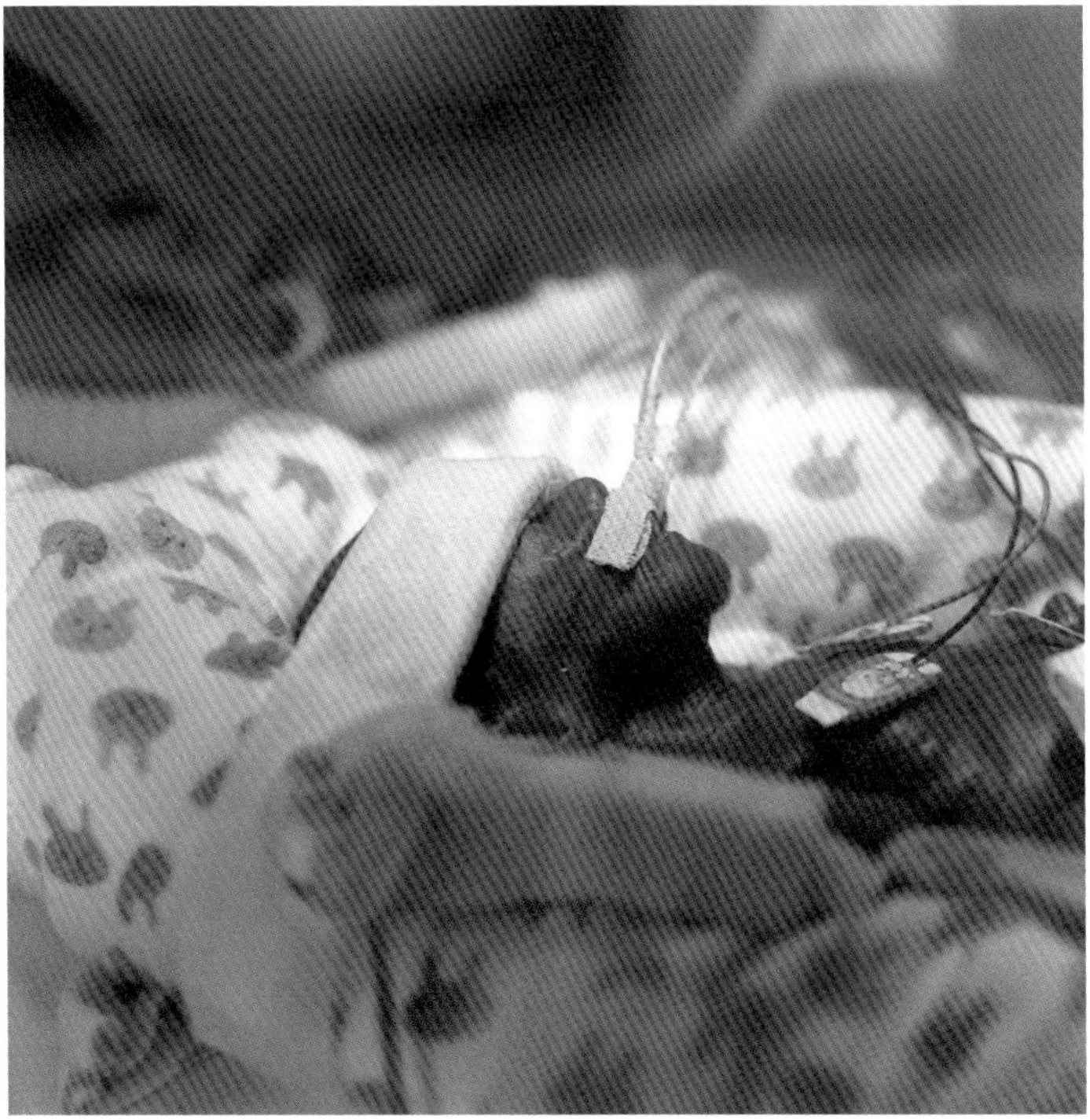

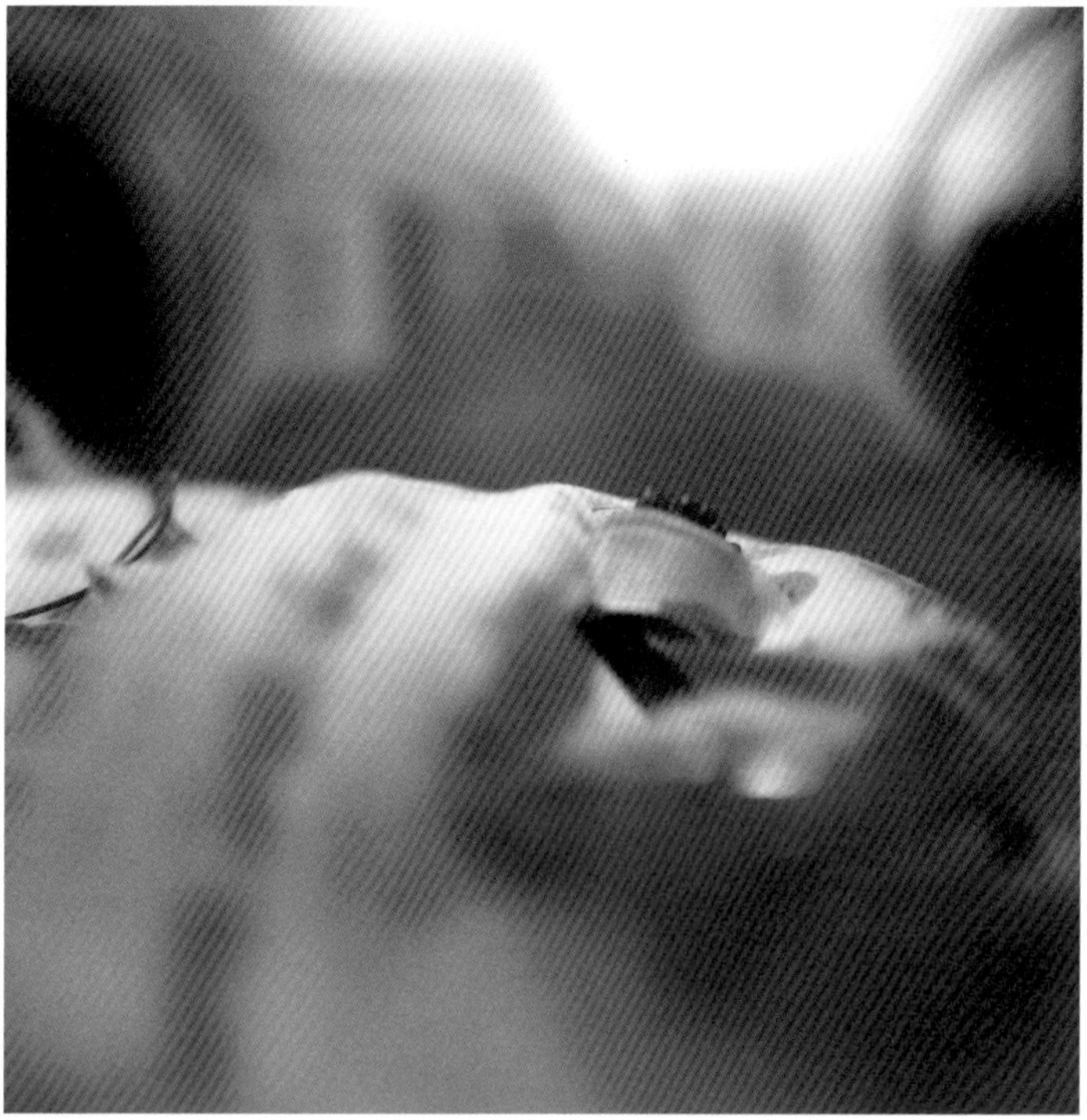

# 2015.11

［修正25週〜30週］

11月1日

保育器の中にいる赤ちゃんには、光線治療として紫色のライトが当てられている。ライトが直接目に当たらないように、まぶたの上にはガーゼがのせてある。顔は見えないし、赤黒い肌とライトの紫色が混ざって単色の物体のように見える。どこをさわっていいのかもわからない。保育器のまわりには、点滴やらなにやら薬がセットされている長方形の箱のような機械が11個くらいつながっていた。それに加えて、人工呼吸器とサチュレーションという血中酸素飽和度を測る機械、心電図の機械。からだに貼る心電図のシールみたいな部分にはキティちゃんの絵が描かれていた。

私は、赤ちゃんに「大丈夫、がんばって」と声をかけた。声は保育器の中でも届くらしい。

看護計画などを立ててくれる、プライマリーナースという担当の看護師さんがふたり、あいさつに来てくれてた。

11月2日

——

隣のNICUまで自分でゆっくり歩いていけるようになった。でも、まだずっと立っていると貧血のように血が引いていくのを感じる。降圧剤を飲むくらい高血圧になってしまったのに、貧血ってどういうことかよくわからない。保育器の横の椅子に座ると、目線より保育器の位置が少し高く、少し立って見ては、また座る、を繰り返す。ずっと隣にいても、赤ちゃんに大きな変化はないけれど、離れるタイミングがわからない。

保育器の窓を開けっぱなしにしていると器内の温度が下がってしまうので、窓を開けて少しさわっては閉じてを繰り返し、あとはただじっと保育器の中を何時間も見ていた。

11月3日

——

MFICUから4人部屋の一般病室に移った。MFICUの個室のトイレにあった、産後の出血（悪露）用巨大ナプキンがトイレになくて、通りかかった看護師さんに聞いてみると、不思議そうな顔で、「バッグに入っていたでしょう？」と言われた。なんのことだろうと思ったら、生まれたばかりの赤ちゃんを寝かせるベビーコットがベッドの隣にあり、その下に紺色の大きなバッグがあった。そのバッグの中に、巨大ナプキンも含め、産後に必要な赤ちゃんの最初のオムツや、お尻ふきなどが入っていた。MFICUにはベビーコットはなかった。MFICUから移ってきたことを伝えると、その看護師さんは謝ってそそくさとベビーコットを下げて、大きなバッグだけ置いていった。私にほとんど必要ないバッグだけが残されて、むなしくなった。

ほかの部屋やカーテンの向こうから赤ちゃんの泣き声が聞こえる。とてもつらい。私は赤ちゃんを産んでから、ずっと泣いている。

## 11月4日

夫と義父に「赤ちゃんに会いに行ったら少し目を開けた」と言われたので、私もすぐに見に行った。最初は目を閉じていたけれど、横で話しかけていたら、うっすら目を開けてくれた。まっ黒い瞳が、私と同じふた重まぶたの細いすきまから見えた。生きている、生きようとしている、そう思えてうれしかった。

「目を開けるのに1週間くらい時間がかかるかもしれない」と言われていたけれど、予想よりだいぶ早かった。今日は初めて目を開けた記念日。

看護師さんが少しの間、紫のライトを消してくれた。見やすい。体重500g、身長28㎝、胸囲17㎝、頭囲21㎝だったと看護師さんから教えてもらった。足を曲げているから身長はもっと小さく、20㎝くらいに感じる。生まれてすぐは、体内に水分が含まれているから少し重く、次第に減るらしい。きっと今は500gを切って400g台のはず。

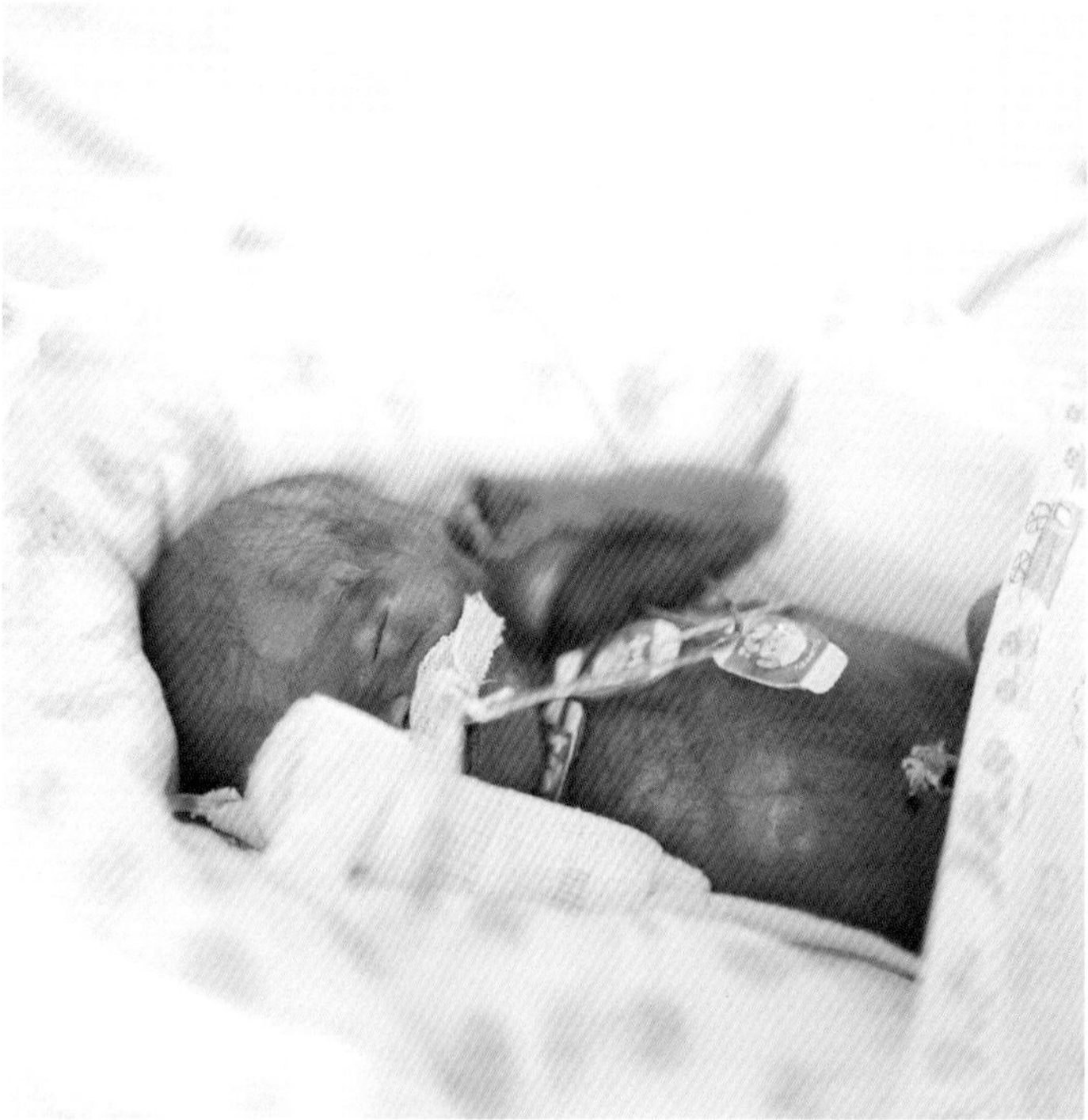

搾乳の量が増えてきて、手でしぼるのは大変だからと、看護師さんに隣の搾乳室の機械を使うことをすすめられた。

搾乳室は広い部屋に長いソファが壁沿いに置かれ、ジブリのインストルメンタルが流れていた。3時間おきに、パジャマ姿のお母さんたちが赤ちゃんを乗せたベビーコットを押してきて授乳する。みんな、お母さんになったという共通点があるから、もっとにぎやかに話しているのかと思ったけれど、寝不足や疲れなどいろいろあるのだろう、話している人は少なかった。私には、それが少しありがたかった。

部屋の中にはついたてで仕切られたスペースがあり、その奥に搾乳器が4つ並んでいた。売店で買ってきた胸にはめるカップを搾乳器にセットして搾乳するやり方を看護師さんに教えてもらった。壁に向かって機械につながれたカップを胸に押し当ててじっと座るその姿は、牛の乳しぼりとそう変わりないなと思った。腕に赤ちゃんがいないから顔色をうかがったり話しかけたりすることもない。静かな作業だった。

奥から「うちの子、2200gしかなくて、小さくて心配」という声が聞こえて涙をおさえられなかった。うちの子はあなたの子の4分の1もないし、まだ母乳を1滴も飲んだこともないし、私は自分の子を抱っこしたこともない！　と心の中で叫んだ。

看護師さんに、個室が空いたから個室に移るか聞かれたけれど、MFICU、NICU、そして個室にかかる費用を何も知らなくて、夫もすごくお金のことを心配している様子だった。これから何ヵ月、もしかしたら、赤ちゃんは何年も入院するかもしれない。高額な請求が毎月来たら払えるだろうか、破産するのだろうか、私は仕事を続けられないかもしれない。そう思ったら個室に移りたいとは言えなくて、「大部屋のままで大丈夫です」と答えてしまった。

本当は、親にも友達にも誰にも会いたくなかった。けれど、夫は両親や夫の友人を呼んだので、その時だけがんばって笑顔を作って会った。

産後のお母さんたちは、3時間おきの授乳の合間に赤ちゃんの沐浴やケアの仕方の映像を広間で見る時間があった。

私はどうしたらいいのだろうと思っていると、看護師さんから、「まだ必要ないから参加しなくてもいいですよ」と言われたので参加しなかった。

また赤ちゃん連れのお母さんに囲まれるところだったので正直助かった。

## 11月5日

退院前の産後健診があった。名前を呼ばれて部屋に入ると、その部屋には赤ちゃんを連れたお母さんたちが診察を待っていた。

私だけが赤ちゃんを連れていなかった。みんなは産後の疲れや心配ごとを話していて、「何か心配ごとはありますか?」と私にも話しかけてきた。普段なら初対面の人と話すのは苦ではないほうだけれど、何を話せばいいのかわからなかった。「赤ちゃんがNICUにいて、あと何日生きられるかわからない」なんてまさか言えない。もしそう言ったとしたら、彼女たちは表情をこわばらせて、返答に困りながらも「きっと大丈夫ですよ」と言ってくれただろう。私は悲しい顔をしないように注意しながら、無愛想に「何もないです」とだけ答えた。

私の術後の傷口の経過は良好で、明日退院となった。

状況はそんなに大きく変わらないけれど、赤ちゃんが動いているだけでうれしい。赤ちゃんはよく足をバタバタと動かしていた。小さいからだが動いていることで、私は生存確認をしていた。「大丈夫。がんばって」と1日何十回も声をかけた。

病室にもどっても、ベッドのテーブルにデジカメを置いて、撮った赤ちゃんの画像を見ながら運ばれてきたご飯を食べた。

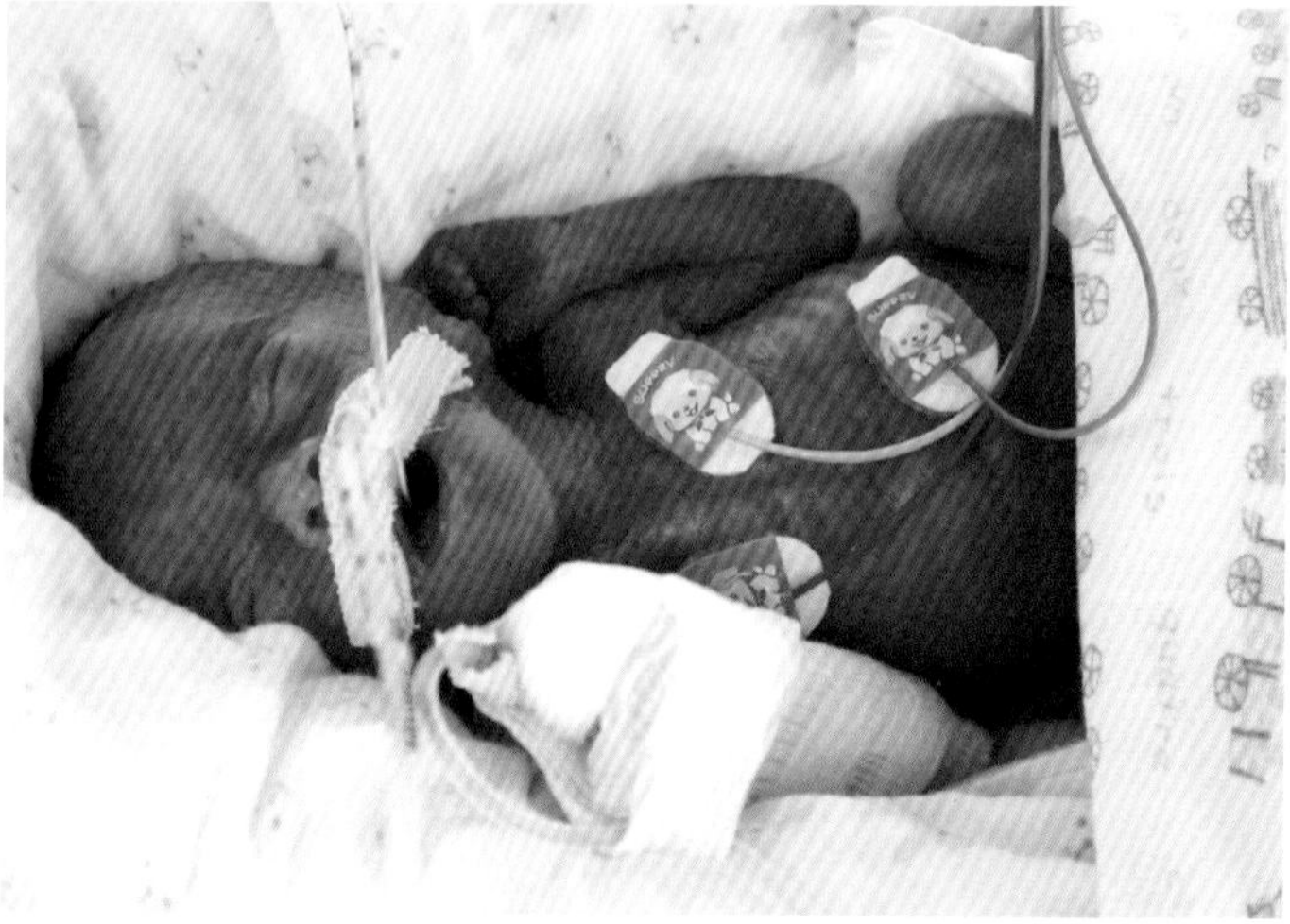

何を確認したいのか自分でもわからないけれど、横になりながら何度も写真を見返した。そしてそれを見ながらやっぱり泣いた。

でも、この気持ちは母性というより、助けないと命がなくなってしまう使命感のほうが大きい気がした。助けないと人がひとり死んでしまう。それは私が殺したことになる気がした。

私に母性はあるのだろうか。

夜中に赤ちゃんに会いにＮＩＣＵに行ってから、また搾乳をして寝た。

## 11月6日

NICUの面談室に呼ばれた。赤ちゃんのおなかが張っていてよくない状態だと言われた。力が弱く、胎児のときから腸にある胎便をうまく出せないことが原因らしい。「腸がねじれているか、腸閉鎖か、確率は低いけれど、ヒルシュスプルング病という難病の可能性もあります」と言われた。

胎便が出ないと腸が破裂する可能性があり、命に関わる。でも、手術するにはからだが小さすぎて、自力で出せるほうが望ましく、手術する時期を見極めるのが難しい。けれど、この病院には同じ症例がたくさんあって、腸が破裂する直前と直後のレントゲンと、赤ちゃんの腸のレントゲンを照らし合わせて、ギリギリまでタイミングを見るという。

赤ちゃんのおなかに手を当てて、「うーん！ って出すんだよ！ うーん！ だよ！」と教える。たまにくねくねとからだを左右に動かして、手をグーにして力を入れているように見えた。伝わっている気がする。赤ちゃんも自分でなんとかしようとがんばっている。

私は赤ちゃんより先に退院した。久しぶりにわが家に帰ってほっとした半面、赤ちゃんがどうしているのか気になって落ち着かない。

ベッドに横になり、何度もデジカメの中の写真を見返した。そして、私が唯一赤ちゃんのためにしてあげられる搾乳をして冷凍した。夜中も3時間おきに起きて搾乳をした。普通は泣いている赤ちゃんに起こされて授乳するのだろうか。私は携帯電話のアラームに起こされて搾乳をする。やっぱりまだ母親になった気はしない。

## 11月7日

退院前に、新生児科の先生から、どのくらいの頻度で面会に来られそうかと聞かれた。何か予定があるわけでもなく、自宅から片道1時間弱で来られる。

産後の体調はまだよくないけれど、歩けないほどでもなかった。搾乳した母乳もすぐ使わないとはいえ、届けないといけない。なんとなくあいまいに「1日おきくらいで…」と答えてしまった。

昨日会ったばかりだし、今日はとりあえず家で休むことにした。久しぶりに自宅へ帰ったはずなのに、やっぱり気になってしょうがない。ベッドに横たわりながら、胎便は出ただろうか、状態は変わっていないだろうか、生きているのだろうか、少しでも長くそばにいてあげるべきだろうか、同じ言葉だけが頭の中をめぐる。

耳にはNICUの機械音が残っている。目をつぶれば目の前に、赤黒い赤ちゃんが寝ている保育器が見える気がした。

## 11月8日

赤ちゃんの状態が気になっても電話では説明してもらえないので、病院へ搾乳した母乳のパックを持っていった。赤ちゃんの状況は変わらず、おなかがパンパンに張って苦しそうで、赤黒くて薄い皮膚が、今にも張り裂けてしまいそうで怖かった。

おなかに手を置いて、「うーんって出すんだよ！　うーんって！」と声をかけつづけた。

## 11月9日

朝、病院から電話があった。悪い知らせかと心臓が止まりそうになった。電話は先生からで、「今日、腸の手術をすることになりました。落ち着いて、あわてて来なくても大丈夫ですから」と言われた。ちょうど病院に行く準備をしていたけれど、あわてずにはいられなくて、すぐに家を出た。

病院に着くと面談室に案内されて、初めて会う外科の先生から手術の説明を受けた。赤ちゃんの腸はボールペンの芯くらいの太さだということ以外、あまり覚えていない。難しい手術なのは聞かなくてもわかった。

「よろしくお願いします」と、それだけ伝えた。

手術前、赤ちゃんに会いにNICUに行くと、看護師さんが手のひらにおさまるサイズの帽子を見せてくれた。手術のときに保育器から出ると寒いから、頭を守るために

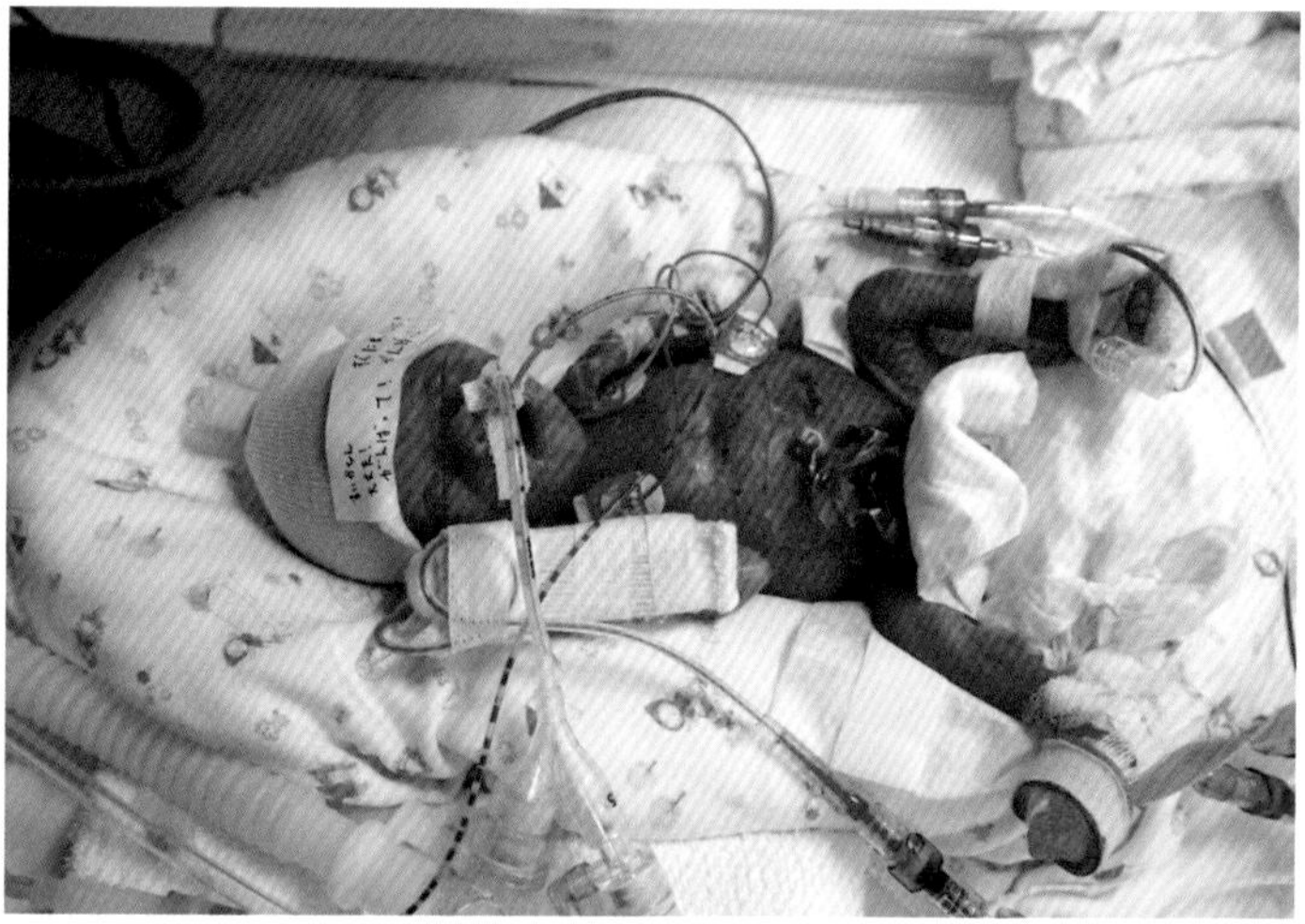

被らせるという。筒状のうすい緑色の布の片端が黄色いビニールテープでとめてあった。看護師さんが手作りしてくれた、赤ちゃんの初めての帽子。白いビニールテープを渡されて、「何かメッセージを書いてあげてください」と言われ、「大丈夫！　がんばって！」と書いた。そのテープを看護師さんがその帽子に貼ってくれた。こんなときだけれど、帽子を被った赤ちゃんはかわいかった。

手術はNICUのひとつ下の4階にある手術室でおこなわれる。「からだの弱い赤ちゃんにとっては手術室に移動するだけでも命に関わります」と言われた。

赤ちゃんを見送るために、先に廊下に出て待つように指示されたので待っていると、先生と大勢の看護師さんに囲まれ、保育器に入った赤ちゃんが酸素やいろいろな点滴の機械といっしょに、ものものしいようすでNICUから出てきた。

「大丈夫。がんばって」と声をかけた。それ以外の言葉が出てこなかった。

手術が終わるまでのことはあまり思い出せない。何時間もただ廊下で待っていた。5時間か7時間かして先生に呼ばれた。手術は無事に終わっていた。腸閉鎖でも難病でもなく、胎便が腸に詰まって出せなかっただけだった。

詰まった胎便を取り出したので、あとは自力で便を出すのを待つだけ。ボールペンの芯の細さの腸から胎便を取り出して、腸を元にもどす先生を想像した。神業だと思った。

術後の赤ちゃんに対面すると、おなかにはストーマという人工肛門ができていた。しばらくは腸の上部にきたうんちをストーマのパウチで回収して、下の大腸に流し込む。そうしながら自力で肛門から出す作業を1時間おきにするという。

赤ちゃんのおなかには大きく切って縫ったあとと、穴があき、その穴から腸の粘膜がくちびるみたいに顔を出していた。

## 11月10日

赤ちゃんのおなかにある手術のあとが痛々しい。

痛いのだろうか？　心配になったけれど、看護師さんによると、赤ちゃんは大人みたいに痛さを感じないという。痛さを感じていないことを祈る。

手術を終えて、前進した気がして少し気が抜けた。これでもう腸が破裂する心配はない。

## 11月11日

――

相変わらずたくさんの管につながれている。あとは自力で排泄してくれるのを待つだけ。毎日「大丈夫。がんばって」としか、言葉が出てこない。

## 11月12日

――

赤ちゃんが生まれてから2週間がたった。出生届けの期日。私は10代のときから、もし自分に子どもができたら漢字一文字の名前をつけたいと思っていたけれど、「健康運が悪い画数」と夫に言われてどの案も却下された。画数を信じていない私は不服だった。画数がいい人は本当に幸せなのだろうか。それを言ったら、結婚相手も画数で決めるべきということになってくる。意見が合わない。ふたりめが生まれるときは私に決めさせてくれると言われて妥協した。

本当は「奏（そう）」の一文字がよかったけれど、夫の名前に〝すけ〟とついているので、赤ちゃんにも「介」をつけることで納得してもらった。漢字は私が選んだ。今後もし、知能に問題が生じて複雑な漢字が書けなくなるかもしれないことを考え、画数が多くなく書きやすそうな「奏介」とした。素敵な人生を奏でられますように。

産後鬱というやつだろうか。それ以上言い合う気力が私にはなかった。それにまだ名前どころじゃない、生きられるかどうかのほうが大切だった。それでも、名前を付けたら長く生きられる気がしてきた。
午前中に区役所に届けを出して、その足で病院へ向かい、本人に名前の報告をした。

「奏介」

気に入ってくれただろうか。

## 11月15日

奏ちゃんに、初めて母乳を飲ませた。というより、なめさせた。なめるというほどの量でもないけれど、スポイトで0.2㎖。
その1滴を口に入れると、チュパチュパと上手になめてくれた。子ど

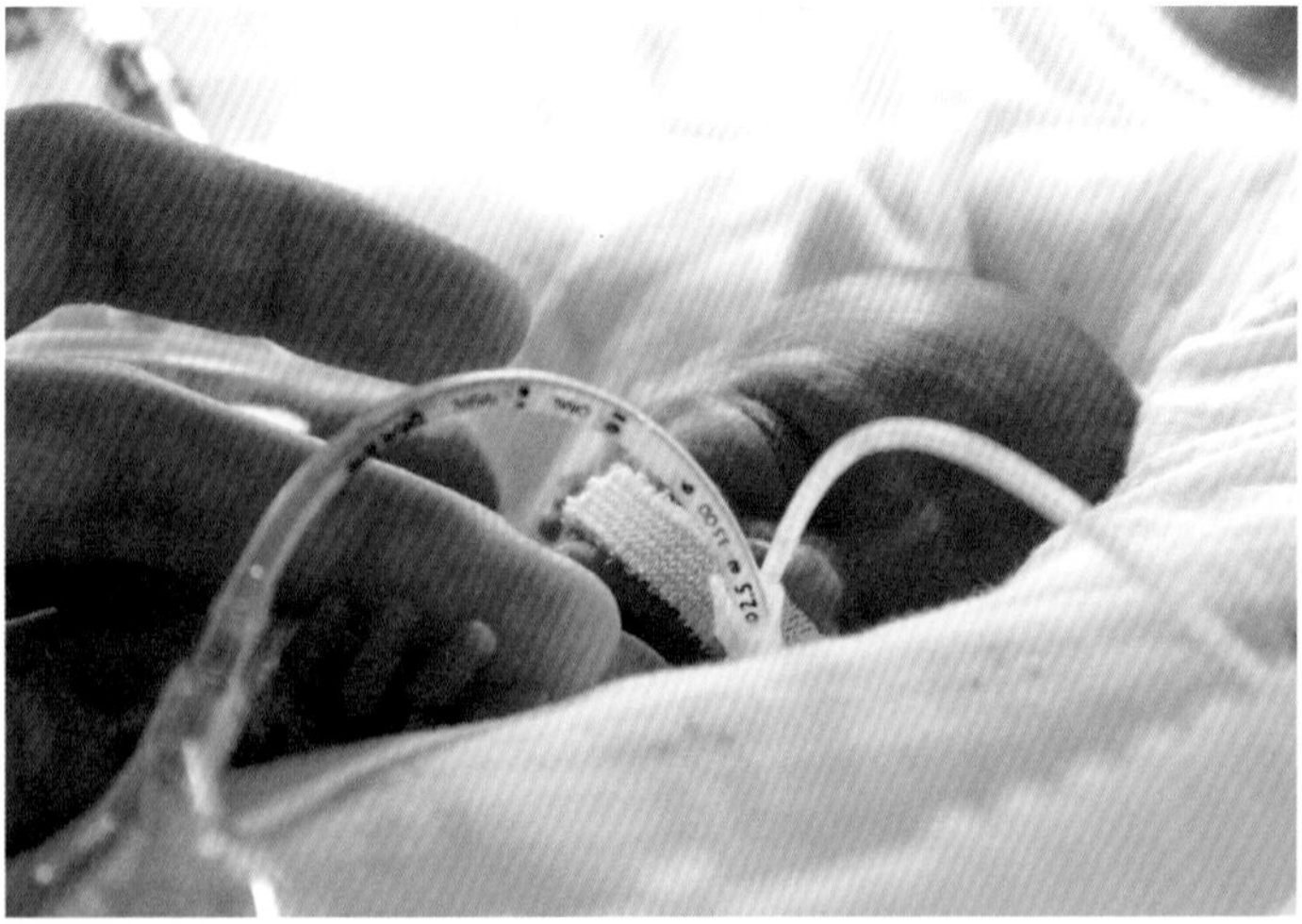

ものころ、実家の庭で生まれた子猫に飲ませたミルクよりはるかに少ない量だけれど、初めて奏ちゃんの役に立てた気がしてうれしかった。

初乳に含まれているという赤ちゃんに必要な成分が、腸まで届いてくれますように。

## 11月17日

奏ちゃんが両目を開ける時間が増えてきた。私をお母さんとして認識しているかな？　いっしょにいる時間も短いし、抱っこも授乳もしてあげられないから、看護師さんのことをお母さんだと思っても仕方がない。

少しでも見てもらいたくて、まだ目が見えない奏ちゃんの視界に入ろうと、一生懸命顔をのぞき込んだ。

## 11月19日

奏ちゃんのからだの肉付きがよくなったというか、ふっくら大きくなった気がして喜んでいたら、先生に「むくんでいる」と言われた。また何か問題があるのかもしれない。

11月23日

――

ストーマのパウチに、ちゃんと母乳を消化した証拠となる黄色いうんちが出た。丸いぽろぽろの米粒サイズのうんち。飲む母乳も2㎖に増えて、体重が669gになった。本当によかった。これで腸が破裂する心配はなくなった。奏ちゃん、よくがんばったね。

11月25日

――

「点滴の針の穴から感染症にかかりました」と言われた。輸血を始めたけれど、72時間という山を乗り越えられた奏ちゃんなら大丈夫な気がした。また乗り越えられると信じていた。「大丈夫。がんばって」といつものように保育器に手を入れて、からだにふれながら、おまじないみたいに何度も声をかけた。

11月27日

――

奏ちゃんの目がぱっちり開いていた日。

今日は身体測定があった。体重712g、身長28㎝、胸囲18・5㎝、頭囲22・5㎝。身長と胸囲は生まれたときとほとんど変わっていないけれど、頭囲が増えていた。「頭は大切だから頭から大きくなります」と、先生が言っていた。

## 11月28日

私の35歳の誕生日。出産したことを仲のいい友達にも誰にも伝えていなかった。

「お誕生日おめでとう！　来年、出産がんばってね」と、何通もメッセージが届いた。

みんなもう生まれたなんて想像もしていないだろう。心配するだろうし、伝えるか迷ったけれど、もう死んでしまうことはなさそうだし、いい機会だ。ようやく友達に赤ちゃんが生まれたことを短いメールで報告した。

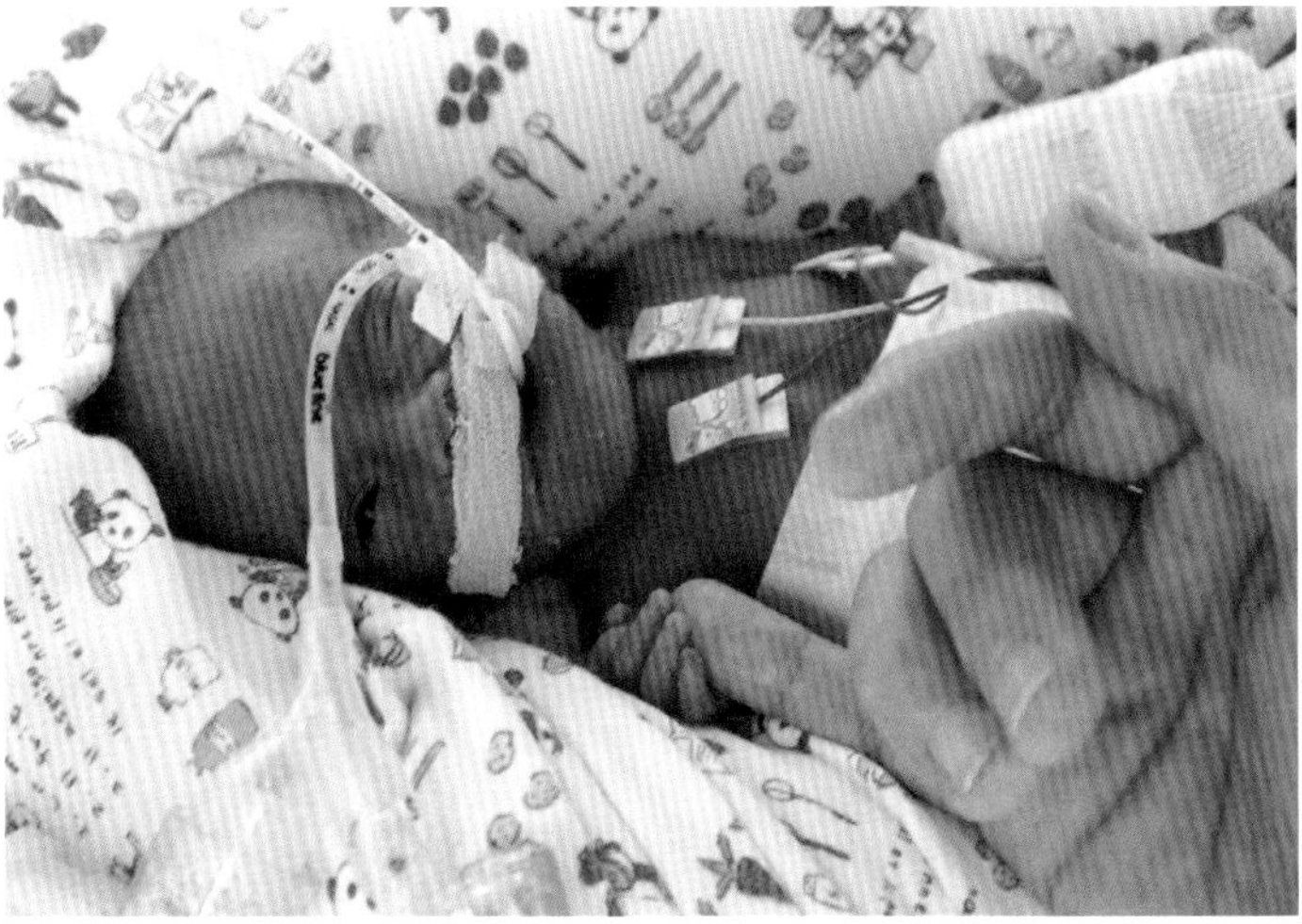

# 11月30日

奏ちゃんが産まれて1ヵ月。

おめでとう。


へその緒をもらった。赤ちゃんのへその緒の多くは、乾燥しておへそからぽろっと取れたものを保管するけれど、赤ちゃんが保育器の中にいる場合は、保育器内を掃除しているときになくなってしまうことが多いらしい。奏ちゃんのへその緒は前もって切ってあり、厚さ1㎜くらいで、へその緒というよりSDカードみたいだった。こういうことも、一般的な出産とは違うんだな、と思った。


今までは、口から肺まで管を通して直接肺に酸素を送っていたけれど、抜管して酸素マスクになった。酸素を自力で吸わなくてはいけないから大きなステップアップらしい。けれど、マスクが大きくて顔がほとんど隠れて見えないし、見た目が重装備すぎて具合が悪化したように見えて少し心配になる。

奏ちゃんも早く新しい機械に慣れてくれるといいな。

母乳も1日1㎖ずつ増えている。このままたくさん飲んで大きくなあれ。

# 2015.12

［生後1ヵ月・修正30週〜34週］

12月2日

奏ちゃんは酸素マスクに慣れたみたいで、呼吸が落ち着いている。よかった。少し大きくなって、透けていた皮膚も厚みを増してしっかりしてきて、前より安心してさわれるようになった。たくさんさわってあげる。

奏ちゃんに「帰るね」と言うと、目を開けて少しぐずる気がする。わかるのかな？

帰るときがいつも離れがたくて、少し淋しい。

12月3日

看護師さんが一瞬だけ人工呼吸器をはずしてくれて、初めて奏ちゃんの顔をちゃんと見れた。母乳は1日に10mℓを8回飲むようになった。0.2mℓから始めたのに、すごい！

見るたびに奏ちゃんが大きくなっている気がする。成長を感じられてうれしい。

12月4日

体重717g。保育器の横にある、11個付いていた点滴や薬などの管がつながっている機械が、いつの間にか4個に減っていることに気がついた。腸がちゃんと機能していると先生に告げられて、本当にほっとした。ゆっくりでいいから、大きくなって。

12月6日

私の両親が会いに来てくれた。電話では心配しながらもけげんそうに、「そんなに小さい子を産んでどうするの!?」と言っていた母は、奏ちゃんと握手をして顔をほころばせていた。

母乳13㎖を8回。母乳から栄養がとれはじめているし、薬も内服になったから、今週中には点滴が取れて、沐浴とカンガルーケアができると言われた。沐浴なんてまだまだ先だと思っていたので、すごくうれしい。奏ちゃんを早く抱っこしたい。

12月8日

初めての眼底検査。目は妊娠36週ごろにでき上がるので、今後は経過を見ていかないといけないらしい。

ストーマからパウチにいっぱいうんちをしていた。オムツ交換のときに初めて泣き声

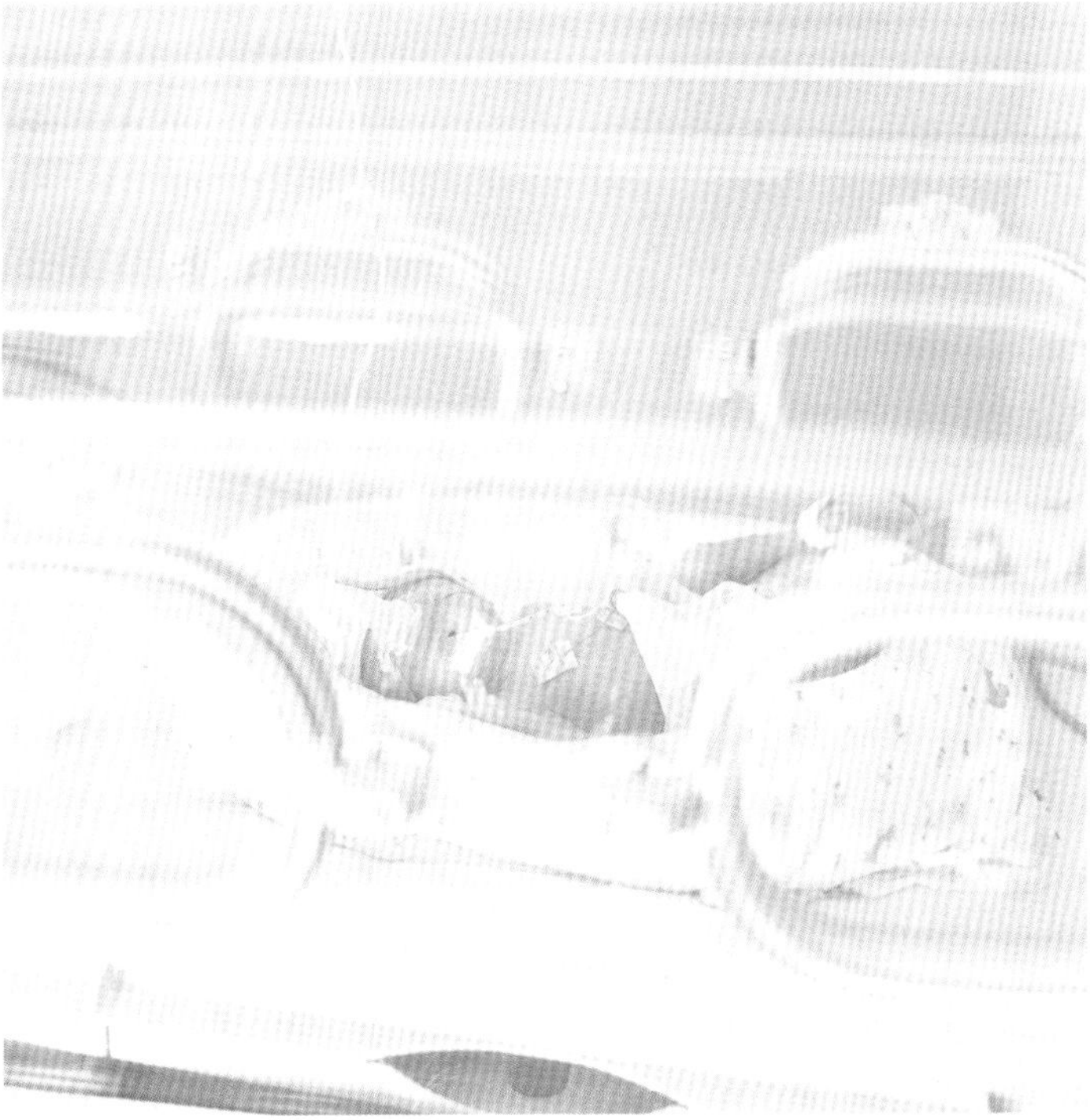

を聞いた。とても小さい声だったけれど、「ぼくは生きているよ！　生きたいよ！」と言っているようだった。

## 12月9日

体重758g。母乳16㎖を8回。難病のヒルシュスプルング病の可能性は低いと言われた。点滴もあと数日で全部はずれそうで、先生に「満点です！」とほめられてうれしかった。「低体重で生まれた赤ちゃんは、女の子のほうがからだが強いといわれているけれど、奏ちゃんは男の子でもとても強い子だと思います」と言われた。

NICUに行くたびに、看護師さんは小さな紙をくれる。笑顔の赤ちゃんのイラストが描かれ、その日の体重と哺乳量が記入されている。私はそれをお守りみたいに、毎日大切に持って帰った。

今日は赤ちゃんの絵の上に、「いつも会いに来てくれてありがとう」と書いてあった。なんだか涙があふれた。

12月10日
――

体重771g。母乳17㎖を8回。奏ちゃんの目がパンパンにむくんで、はにわみたいになっていた。「心配いらない」と言われたけれど、心配。私は産後健診の最終日だったから、診察室とNICUを行ったり来たりしてあわただしかった。

12月11日
――

奏ちゃんから点滴が全部はずれた。やった！　身体測定は、体重757g、身長31・5㎝、胸囲19・5㎝、頭囲24㎝。どんどん大きくなっている。

12月12日
――

体重807g。母乳19㎖を8回。急に体重が増えた。でも、明日30gくらい減るかもしれないと言われたから、素直に喜べない。
1週間くらい前から「体調も安定しているし、そろそろカンガルーケアができます」と言われていて、今日を待ちに待っていた。
時間になると、看護師さんがついたてを保育器のまわりに立てて、キャンプ用品のリクライニングチェアを用意してくれた。その上に私が寝そべると、看護師さんが3人がかりで保育器からたくさんの管につながれている奏ちゃんをそうっと出して、私の胸の上にのせてくれた。

奏ちゃんはすごく小さくて落ちそうで心配だったので、買って用意しておいた腹巻きをチューブトップみたいに胸まで上げて奏ちゃんをはさむことにした。奏ちゃんは胸の間にすっぽりおさまった。私の顔の横に奏ちゃんの酸素の管があって、耳元でシューシューと酸素を送っている音が聞こえた。看護師さんが「わずらわしくて、ごめんなさいね」と言ったけれど、なんとも思わなかった。初めてプラスチックの壁に隔てられず、こうして同じ空間にいることがうれしかった。

奏ちゃんは思っていたよりもずっと重く感じられた。命の重さなのか

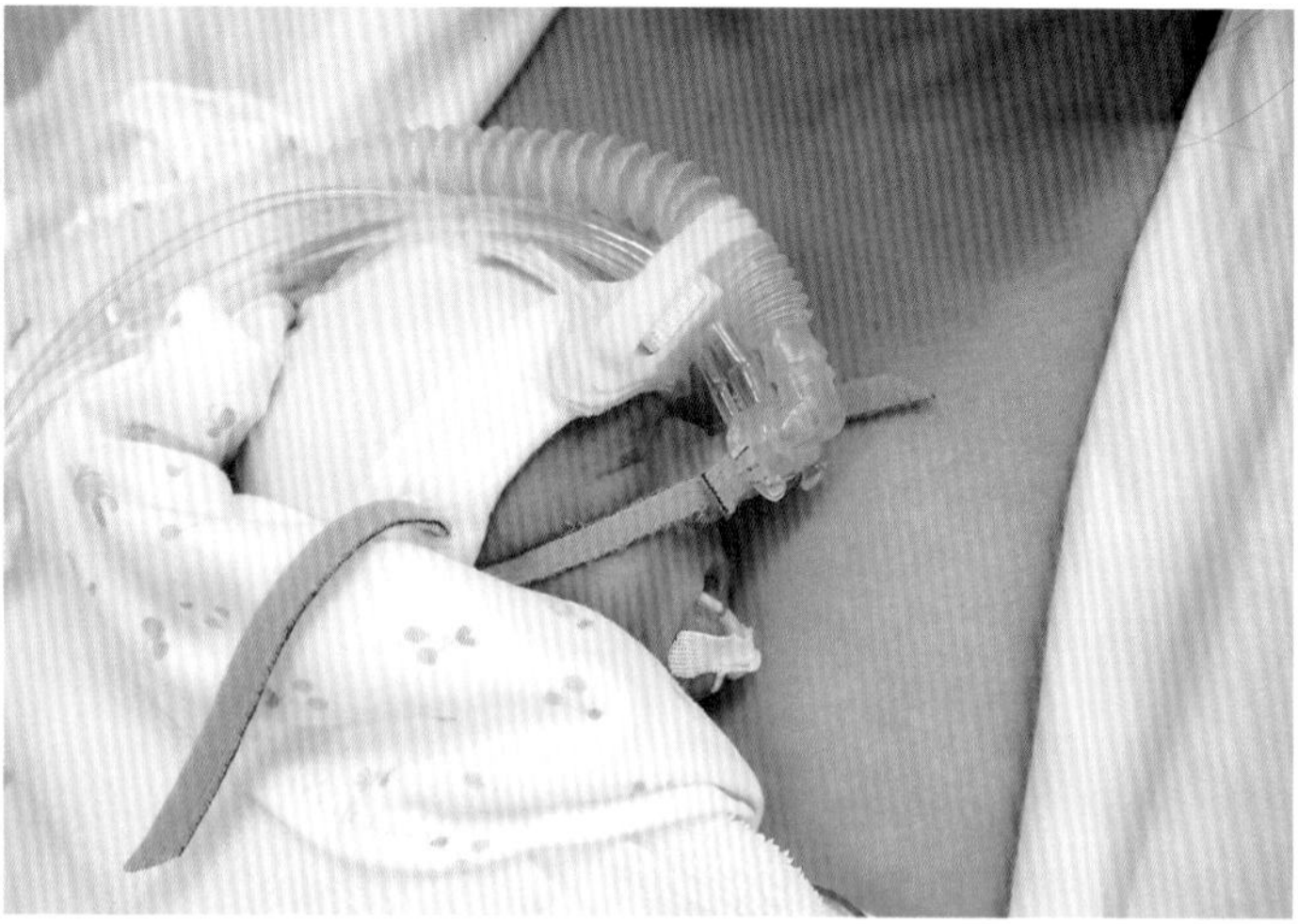

もしれない。肌で感じたこの重さを、私は一生忘れないと思う。

12月13日
──
体重793g。母乳20mlを8回。看護師さんがお湯を入れたボウルを持ってきてくれて、保育器の中にそれを入れて、石鹸とぬるま湯で奏ちゃんの手を洗ってあげたら、気持ちよさそうにしていた。

12月14日
──
体重836g。母乳20mlを8回。今日は初めて沐浴の練習をする予定だったけれど、貧血気味と感染症で、また点滴をすることになり、延期になった。看護師さんがおなかを洗ってストーマのパウチを交換してくれた。奏ちゃんは全身をくねらせていやがっていたけれど、我慢していてえらかった。

12月15日
──
体重855g。母乳20mlを8回。奏ちゃんは貧血のせいで輸血をしていた。それでも昨日よりは調子がいいらしい。足をバタバタ動かしていた。最近すごい勢いで体重が増えている。

12月17日

――

体重868g。母乳20㎖を8回。今日はストーマから大腸に管を通した。今まで小腸から下りてきたうんちを1時間に1回、回収して大腸側に入れていたが、「大腸に管を通すことで、ひんぱんにうんちを回収してもどす作業ができるようになるので、もっと栄養を吸収できるはず」と先生が言っていた。

人工呼吸器をはずしても、先生が思っていたより、奏ちゃんの呼吸は安定しているらしい。人工呼吸器が必要なくなる日が近いといいな。

12月18日

――

体重873g。母乳22㎖を8回。眼底検査をした。検査中、親は部屋の外に出なくてはいけないので、そわそわしながら廊下のソファに座って待った。

同じフロアには周産期病棟や分娩室がある。生まれたばかりの元気な赤ちゃんがベビーコットで運ばれていく姿や、おなかの大きなお母さんを見ると胸が痛い。なるべく見ないように、なるべく何も考えないようにした。

12月19日

―――

体重887g。母乳22㎖を8回。今日は2度目のカンガルーケア。今回は、奏ちゃんが寝たり起きたりで、たまに「うーうー」と言っていた。カンガルーケア後、人工呼吸器がマスクから鼻に挿すチューブに替わった。交換するとき、しばらくはずしていたけれど余裕そうだった。マスクがずれないように被っていた帽子もなくなり、久しぶりに顔全体がよく見えた。いつの間にか、頭や鼻や顔のパーツも大きくなっていた。

12月20日

―――

体重924g。母乳22㎖を8回。昨日、「呼吸が安定しなかったら人工呼吸器を元にもどします」と言われていた。ドキドキしながら会いに行くと、奏ちゃんは余裕の表情で出迎えてくれた。呼吸がラクそうでよかった。体重も900g台になってうれしい。

12月21日

―――

体重947g。母乳23㎖を8回。奏ちゃんはぐっすり気持ちよさそうに寝ていたけれど、先生から、「肝機能が低下している」と言われた。母乳の中の脂肪が肝臓の負担になっているようで今後は肝臓にやさしい特別なミルクと母乳を半分ずつあげることになった。「それでもよくならなかったら、まだ日本では保険が適用されていない1ダース12万円くらいかかる薬を海外から取り寄せたほうがいいかもしれないが、費用がかかるため考えておいてほしい」と言われた。

もちろん、高くても助かるなら今すぐにでも購入したい。でもその薬をいつまで買うことになるのだろうか。ひと月に何本必要なのだろうか。それを何ヵ月、何年続けなくてはいけないのだろうか。

母乳を捨てる回数が増えた。母乳は必要ないくらい出ているけれど、搾乳をやめてしまうとからだが卒乳と思って出なくなるからやめられない。卒乳じゃなくて、奏ちゃんが飲

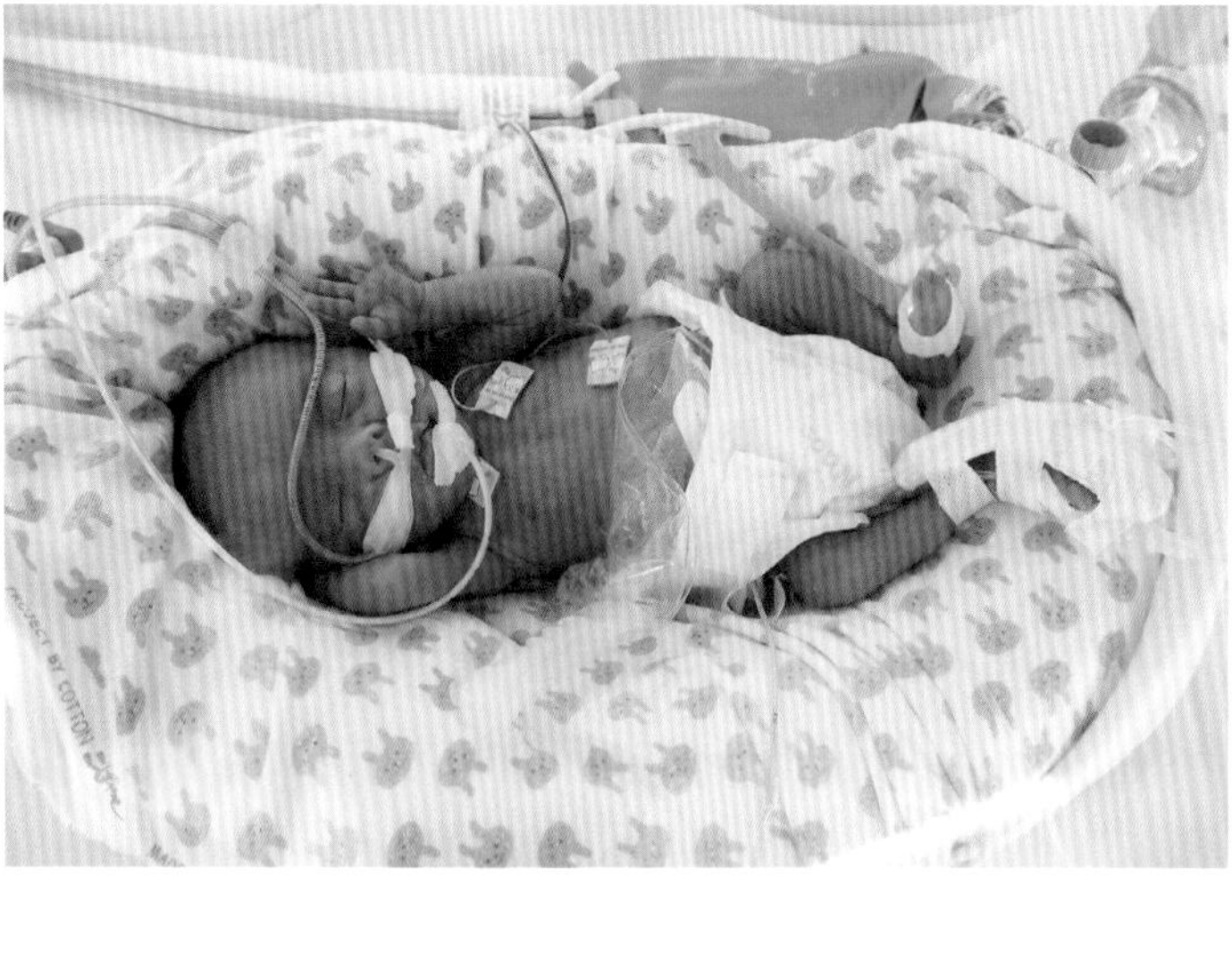

むのがちょっと延期になっただけなんだよ、という理由をおっぱいは理解してくれない。
一度でいいから、奏ちゃんに直接母乳をあげたい。その前に卒乳するわけにはいかない。しぼった母乳を流し台に捨てる。せっかくしぼった母乳も水といっしょに下水へ流れていく。こんなにむなしいことはないけれど、深く考えても泣くだけだから、考えないように日課として黙々とこなす。

12月22日
――――

体重997g。母乳とミルク23㎖を8回。人工呼吸器がチューブからマスクにもどってしまった。でも、「はずした時期が早すぎただけだから大丈夫です」と言われた。一歩ずつ、大きくなるんだ。

12月23日
――――

体重1014g。体重が思っていたよりも早く1000gを超えた。おめでとう。でも肝臓の調子が悪いのと、おなかも張っていて、感染症の値も高いから、今日は母乳もミルクもお休み。
抗生剤の点滴もまた始まった。がんばれ、がんばれ。

12月25日

――身体測定の日。体重987g、身長33㎝、胸囲20㎝、頭囲25㎝。感染症で、母乳とミルクをお休みして今日で3日目になるから、体重が少し減ってしまった。感染症の値も昨日よくなったと思ったのに、また悪くなった。
おなかがすいているのか、大暴れする奏ちゃんをタオルで包み、おしゃぶりをあげたら、なんとか落ち着いてくれた。
早く感染症が治りますように。来年は家でクリスマスを迎えられますように。

12月28日

――今日もまだミルクはお休み。感染症が治らない。ミルクを飲んでいないから痩せてしまうのではと心配。少し貧血気味なのか、肌が白っぽかった。

12月29日

――体重951g。母乳とミルクの代わりに、おなかの調子を診るために砂糖水2㎖を8回飲んだ。久しぶりに少しでもおなかに入ったからか、今日は暴れずに落ち着いた様子で寝てくれた。

## 12月30日

体重1014g。母乳とミルクはまだお休み。外科の先生から、「ストーマから管を通したら、粘り気のあるうんちが詰まっていて、おなかの張りはそのせいでした」と言われた。まれにいるという母乳アレルギーの可能性を少し疑われていたが、「可能性は低そうです」と言われてほっとした。

今日は、奏ちゃんが生まれて2ヵ月の日。おめでとう。元気に大きくなってね。

## 12月31日

体重1053g。ミルク2㎖を8回。少しでも飲みはじめることができてよかった。

家族3人の初めての年越しはNICUで。久しぶりに、まっ暗で宇宙船の中みたいな夜のNICUへ行った。大みそかとはいえ、いつもと変わらない病室。ほかにひと家族だけ来ていた。たまたま先生も夜勤でいて、時計の針を見つめてみんなで年越しのカウントダウンをした。

奏ちゃんはぐっすり寝ていたけれど、持ってきた命名書を保育器の上にのせて見せてあげたら、目を開けて自分の名前をじっと見ていた。見えているのかな。気に入ってくれたかな。

来年は家でお正月を迎えたいね。

KODAK PORTRA 400

20
KODAK PORTRA 400
21
22
23
26
27
28
29
32
33
34
35

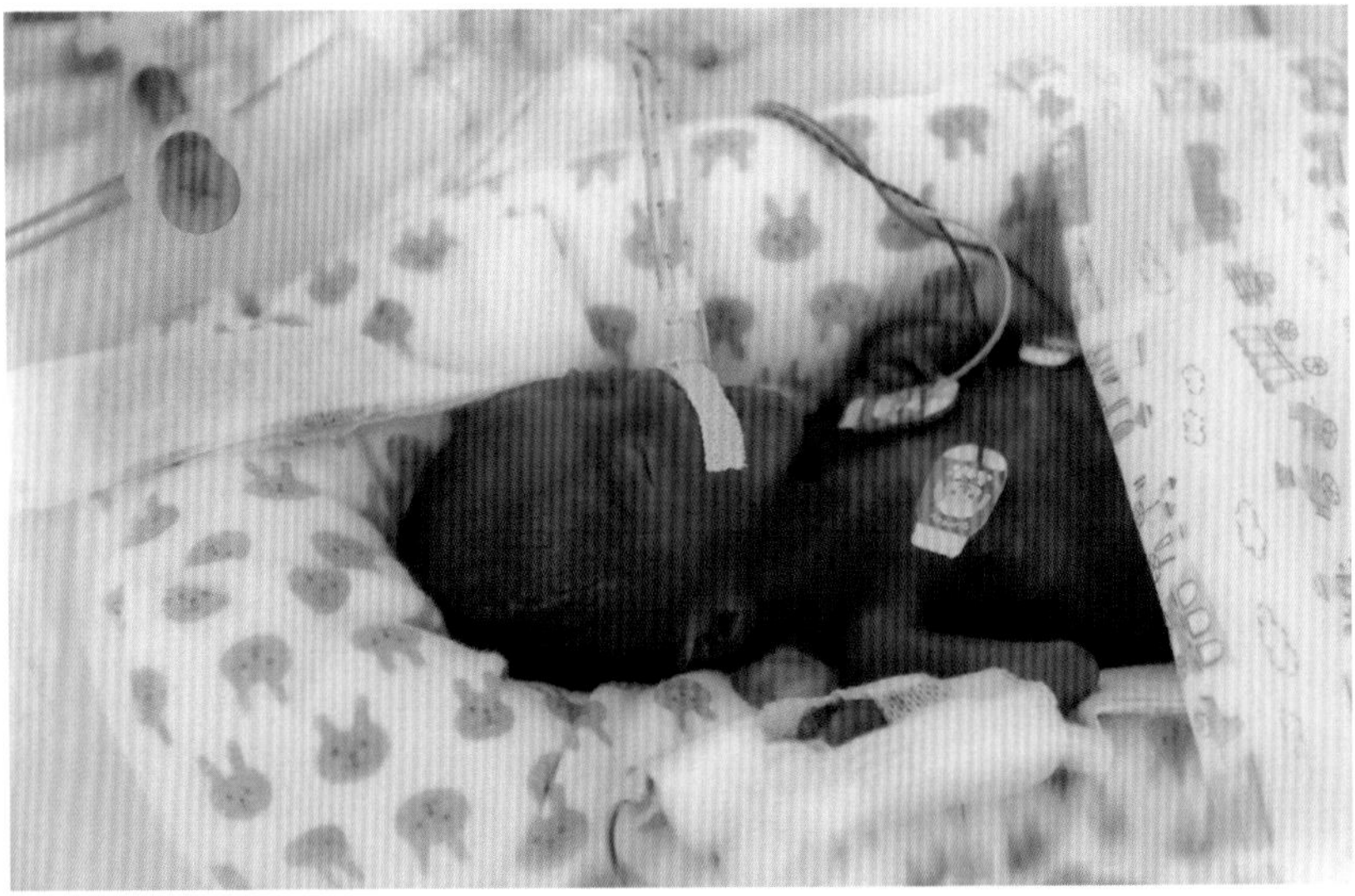

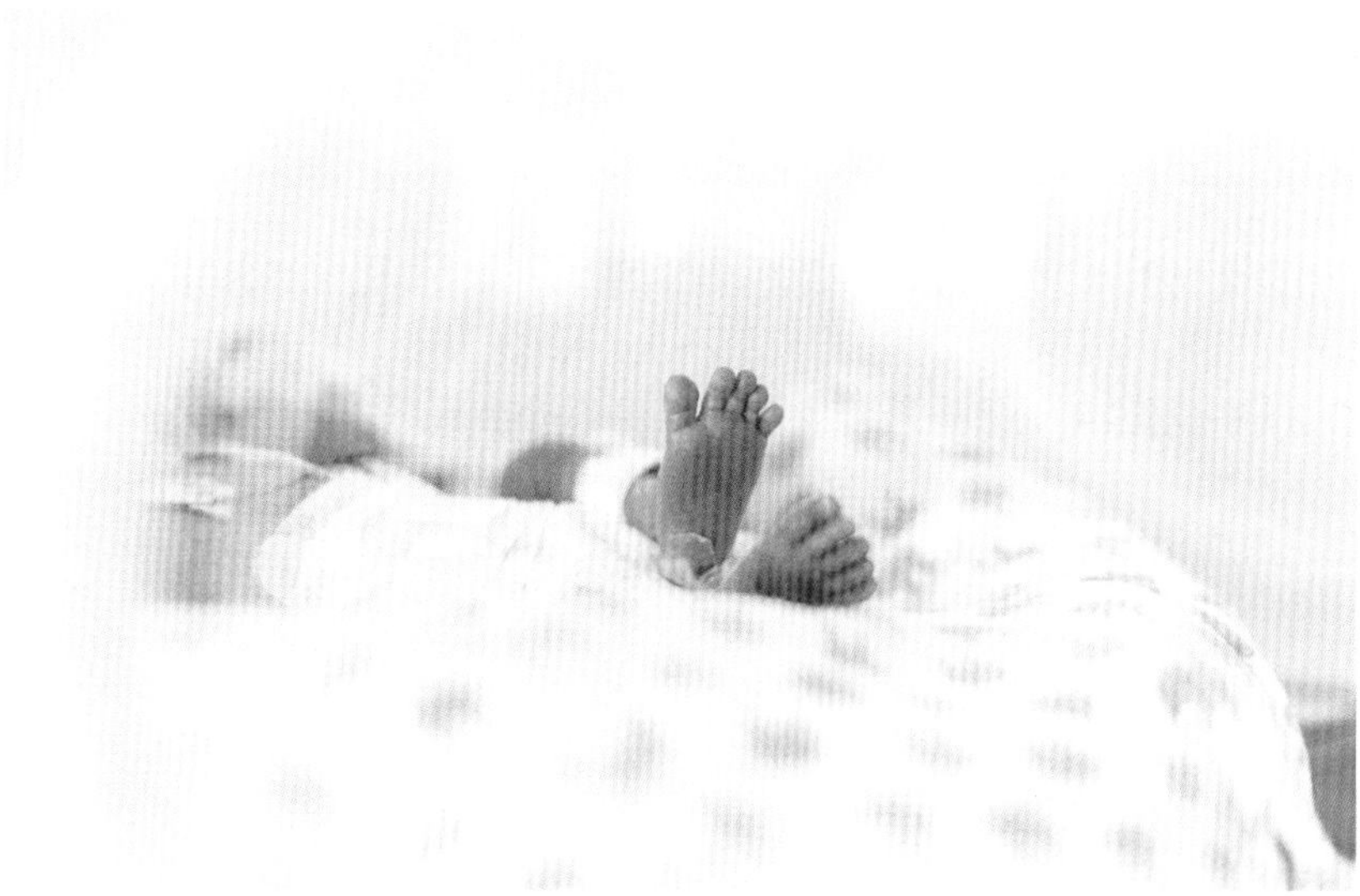

「大丈夫。がんばって」

としか言えなかった。

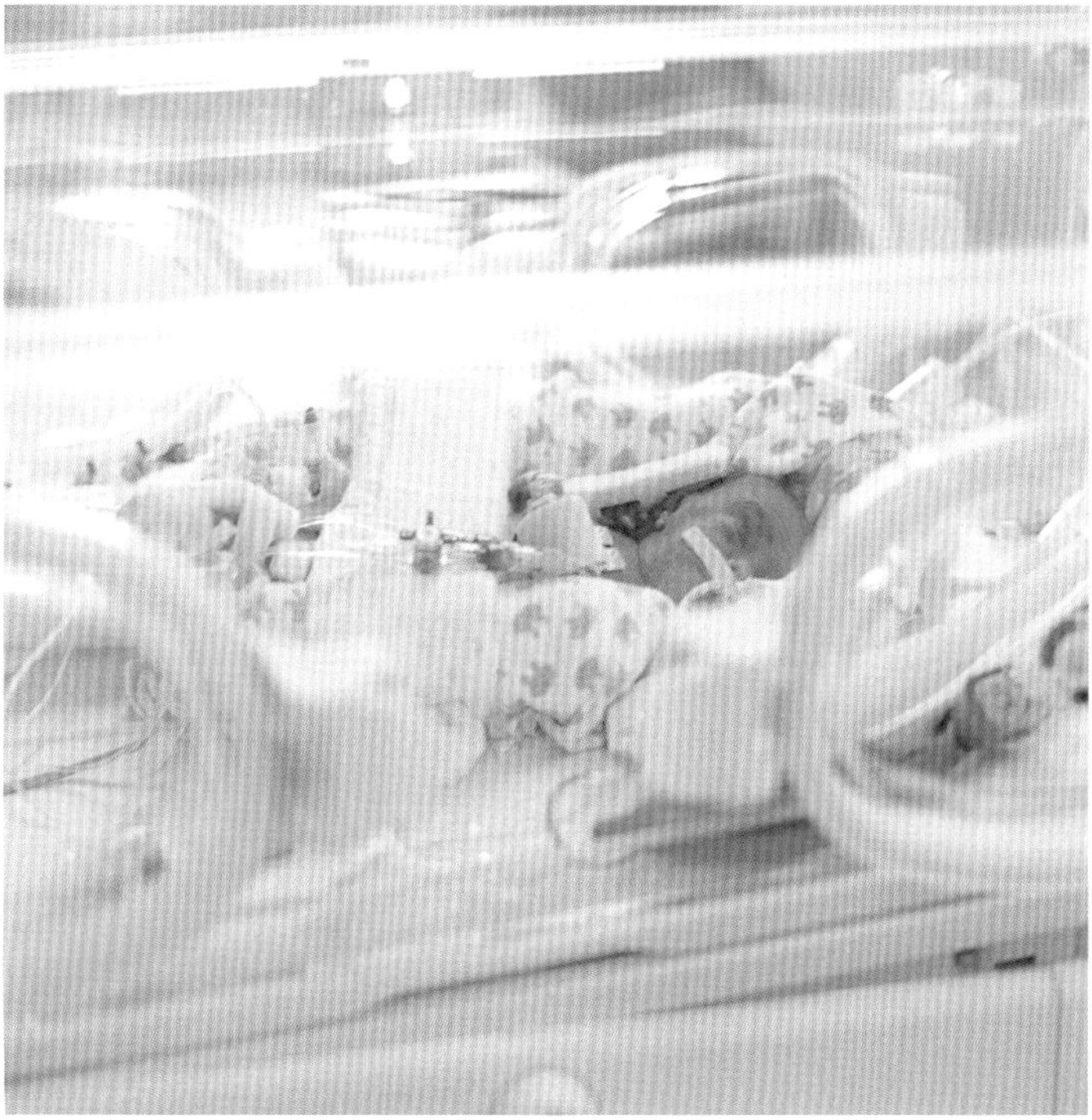

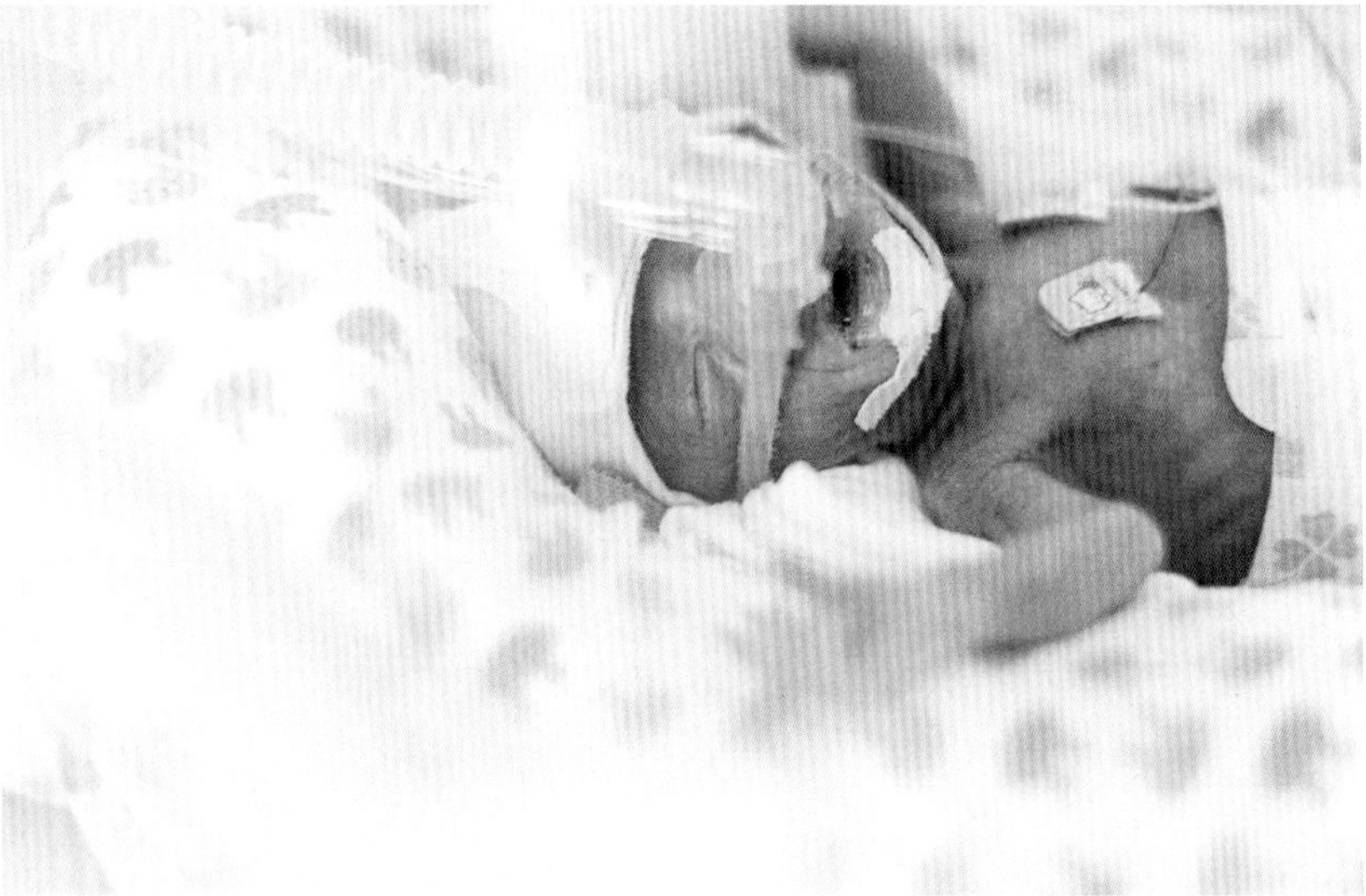

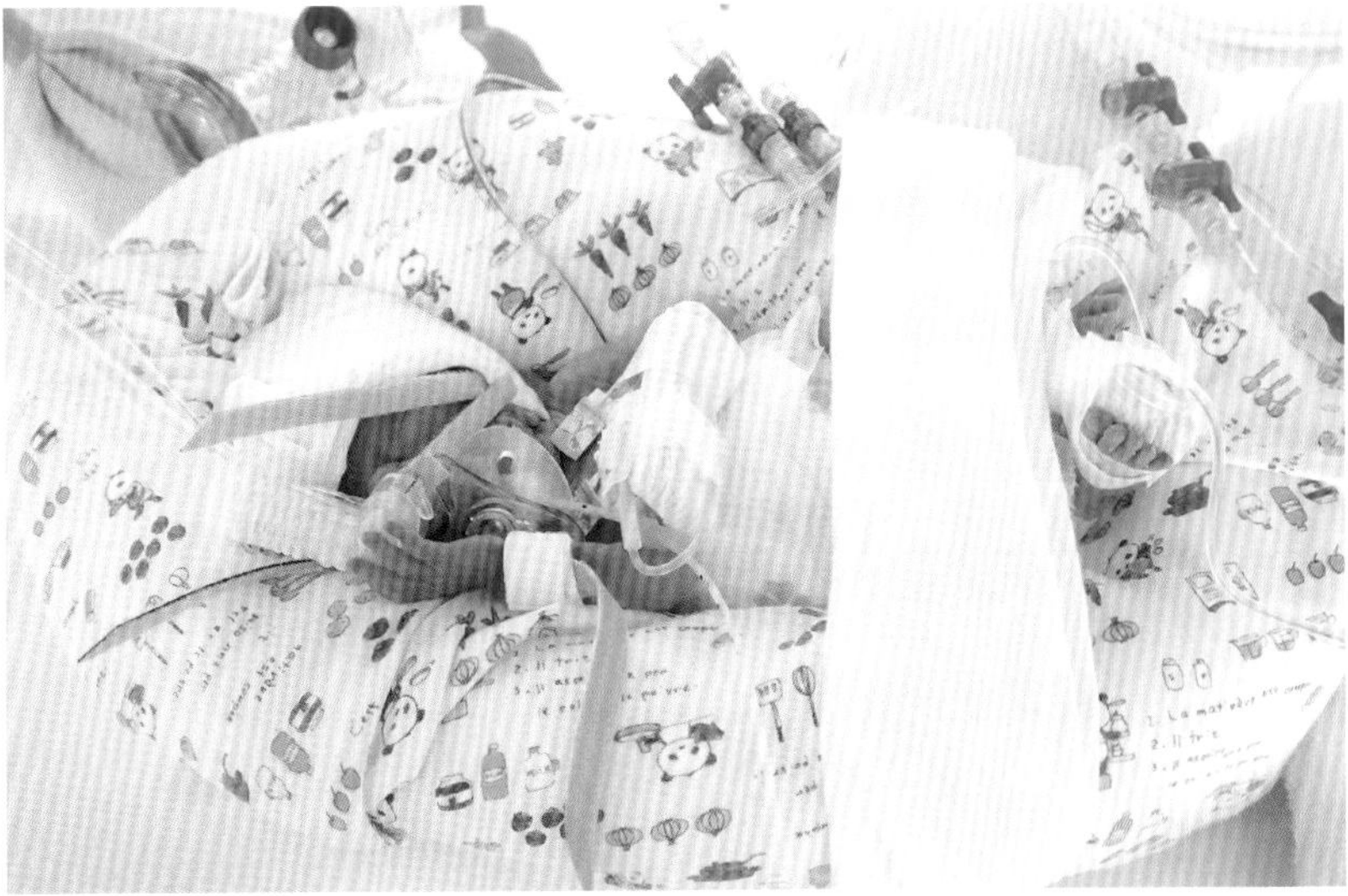

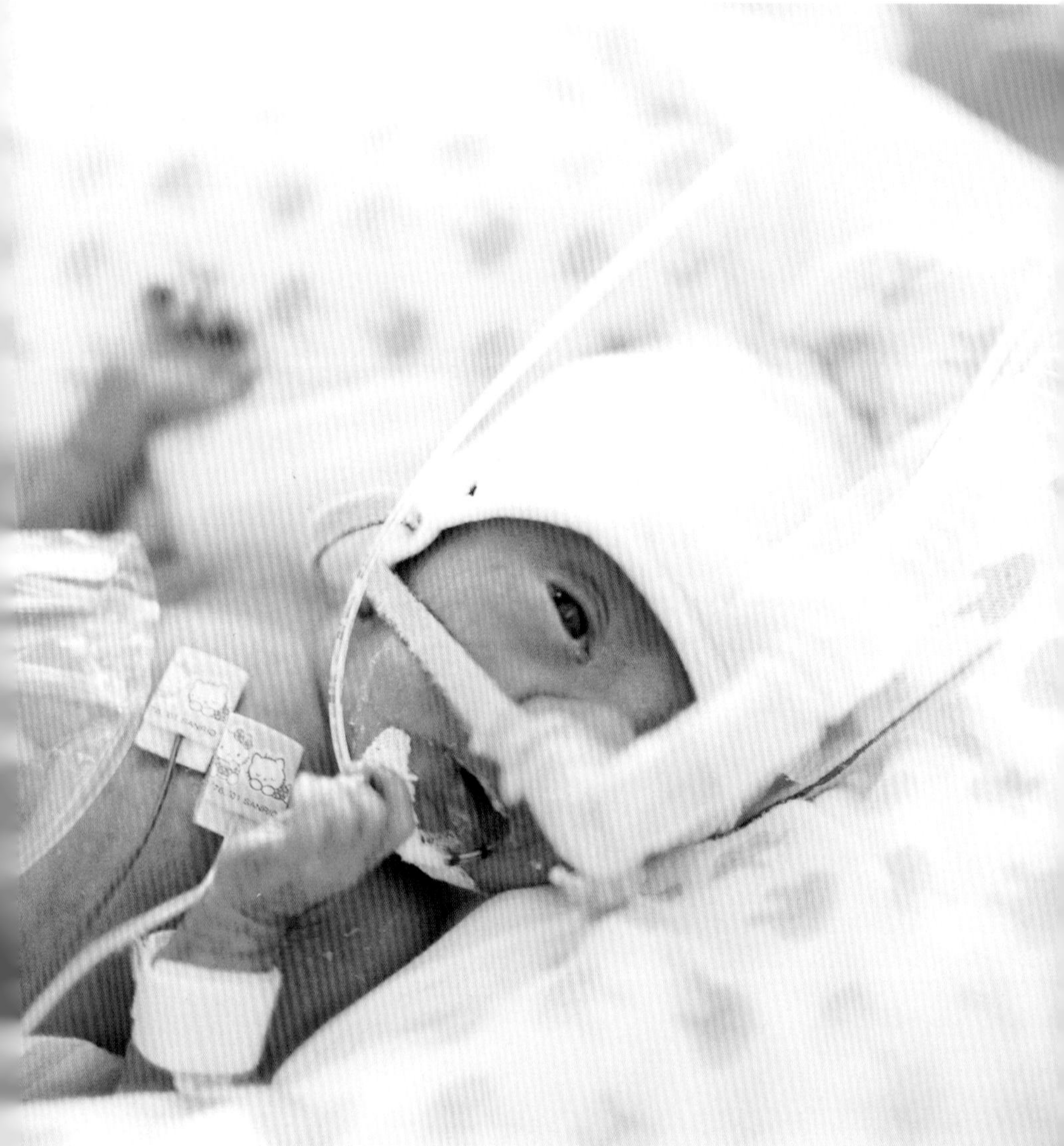

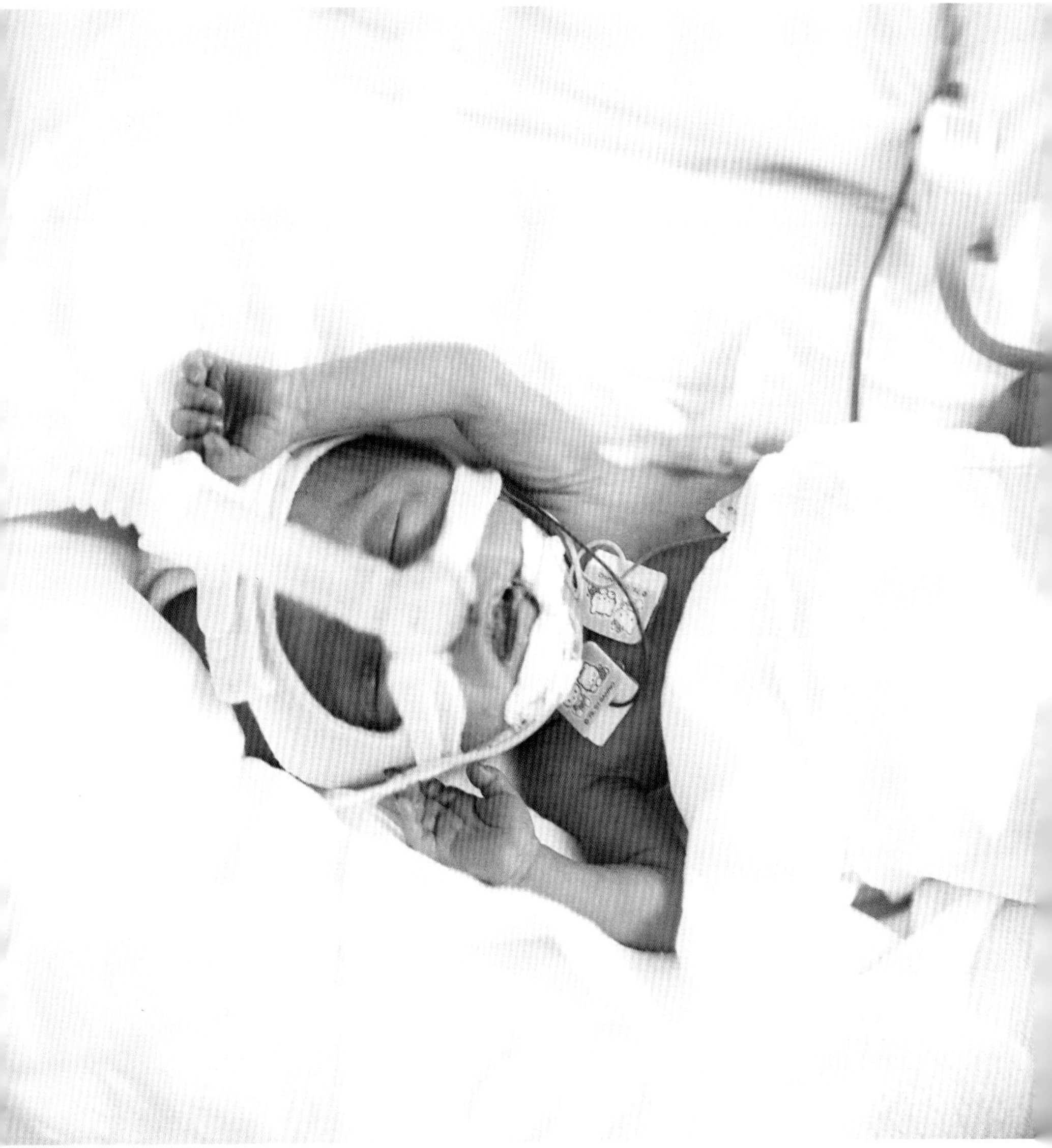

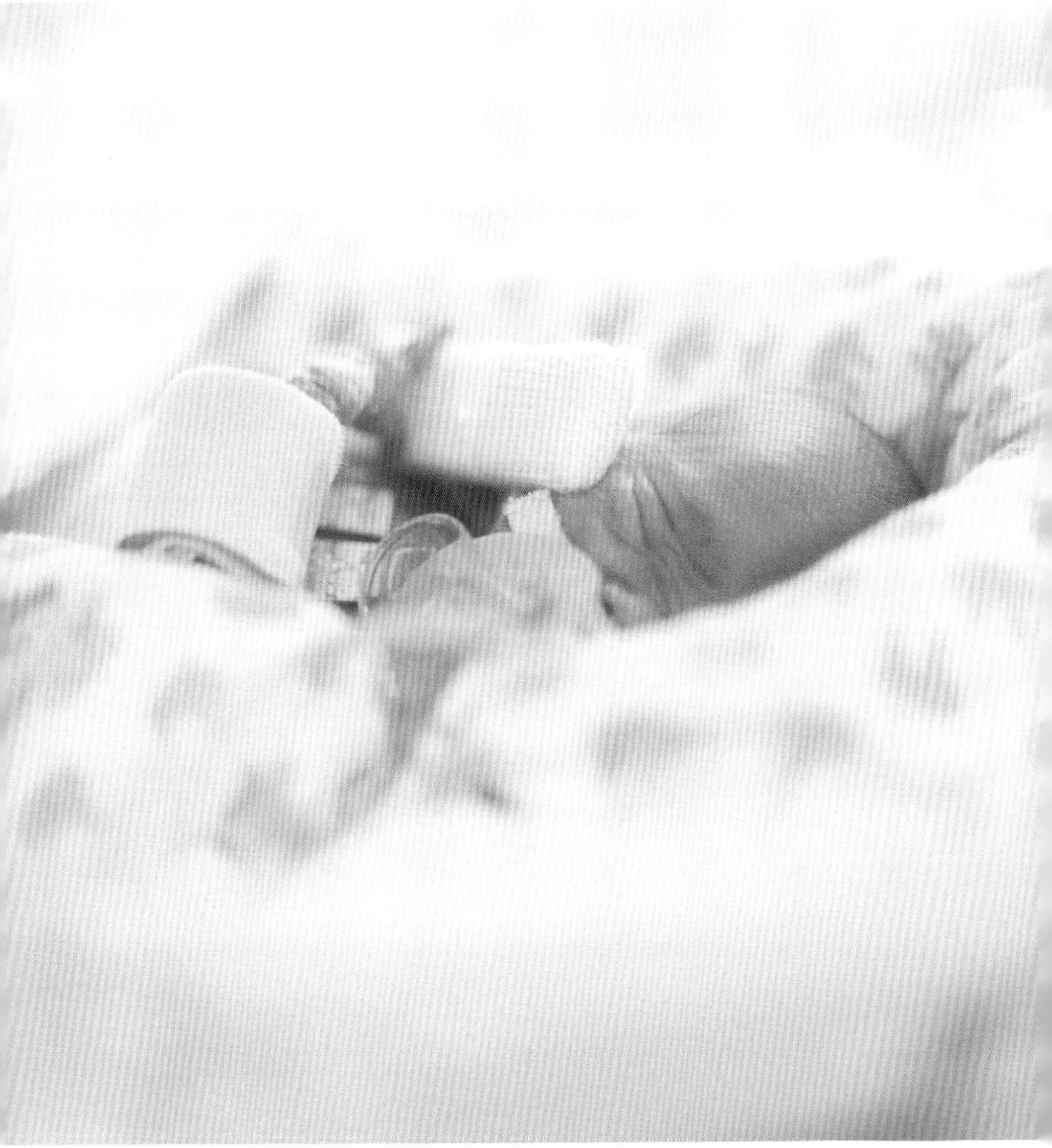

# 手術・成長・退院

# 2016.1

［生後2ヵ月・修正34週〜38週］

1月2日
――――

体重1068g。砂糖水4㎖を8回。輸血をしていた。胃の形が曲がっていて胃液がたまってしまうのが悪いのかもしれないということで、胃まで挿入していた管を、もっと先の十二指腸まで通すことになった。先生に「じゅうにしちょう」と言われて、どういう漢字だっけ？　と思った。今まで使う機会がなかった言葉が次から次へと出てくる。
奏ちゃん、今日もがんばりました。早くよくなりますように。

1月4日
――――

体重1032g。母乳4㎖を8回。採血のときに、看護師さんの手袋を一生懸命につかんで、「我慢しようとしていてかわいかったです」と言われた。
まだ、おなかが張っていて心配。

## 1月5日

体重1058g。母乳4㎖を8回。体調が悪くてお休みしていた眼底検査をようやく受けられた。からだがこれだけ小さいと、目の検査だけでもからだの負担になってしまうらしい。

目は、お母さんのおなかの中にいる36週のときにでき上がる。未熟児網膜症の心配も否めないと言われた。ネットで検索したら、〝28週未満の赤ちゃんは100％未熟児網膜症になる〟と書かれていた。

眼底検査のあとは、まぶたをまっ赤にしているからかわいそうだけれど、進行してしまってからでは遅い。今後も週に1回、症状が見えたら週に2回、検診していく。

## 1月6日

体重はほとんど変わらず。奏ちゃんが急に、目の大きさと同じくらいの大粒の涙を流して顔をびしょびしょにぬらした。びっくりして顔をふいて、看護師さんといっしょに人工呼吸器をはずしたとたん、胃液と直前に飲んだばかりの薬を大量に吐いてしまった。初めて吐いたのを見て焦った。看護師さんがとっさに奏ちゃんのからだを横に傾けて、喉につまらないようにしてくれた。

先生がすぐに来て「つらかったんだね。具合が悪いことに気がつかなくてごめんね」

と言ってくれて、私も奏ちゃんに「ごめんね」と謝った。心配だったけれど、奏ちゃんは吐いたらすっきりした表情になって、落ち着いた様子だった。大きな体調の変化ではなくて本当によかった。

## 1月9日

身体測定の日。体重1126g、身長35㎝、胸囲21㎝、頭囲26・2㎝。NICUに行ったら看護師さんに突然、「隣のGCUへ引っ越しました」と言われて驚いた。

NICUは国の保険で3ヵ月までしかいられないので、今月中にGCU（新生児治療回復室）に移ることになると説明を受けたばかりだった。期限まであと3週間あったし、保育器から出られていないから、まだだと思っていた。

早い移動になったことを看護師さんに謝られたけれど、謝ることはないと思う。今の奏ちゃんよりももっとNICUが必要な赤ちゃんが生まれたんだと思った。でも説明を聞くまで、GCUは保育器を出た子が移る部屋だと思っていたから、保育器のままでの移動は少し不安だった。

GCUに行くと、保育器に入っている子は、ほかにはいなかった。大半はベビーコットに寝ている子で、なかには小学生くらいが寝られそうな大きさの背の高い柵付きのベッドに寝ている子や、特別な機械が付いた小さなベッドに寝ている子もいた。その子は肌がまっ白で、人形のようにじっとしていて見てはいけない気がした。

ＧＣＵはＮＩＣＵの3分の2くらいの広さで、赤ちゃんの数は2倍以上多い。隣の赤ちゃんは手が届きそうなほど近く、「ＮＩＣＵではほかの赤ちゃんを見ないように」と言われていたけれど、見ようとしなくても赤ちゃんの調子のよしあしまで見えてしまう。見ないように意識しながら、ここにいる赤ちゃん全員が元気に退院することを祈った。

## 1月11日

体重１１６５g。母乳6㎖を8回。予定どおりの妊娠生活だったら今日から36週の臨月に入ったことを、携帯電話に入れていた予定日までカウントダウンしてくれるアプリが教えてくれた。おなかの中で笑っている赤ちゃんのイラストがせつなくて、ちゃんと臨月に産んであげられなかったことを悔やんで涙があふれる。アプリは消すことにした。

奏ちゃん、早く産んじゃってごめんね。

1月12日

―――

体重1192g。母乳6㎖を8回。また感染症にかかってしまい、抗生剤の点滴が始まった。輸血もまた始まる。「腸の調子はよくなってきて感染症の数値が下がりました」と言われた。ひとつよくなると、ほかの部分がひとつ悪くなるの繰り返し。生まれたときに先生が「ひとつ山を越えても、また越えなくてはいけない山がくるの繰り返しになります」と言っていたのを思い出した。奏ちゃんが少しぐったりしている気がした。

1月13日

―――

体重1228g。母乳8㎖を4回、ミルク8㎖を4回。点滴の針が増えて、むくんでいてかわいそう。感染症の値は少しずつ下がってきている。明日はきっともっとよくなっているから、奏ちゃん、がんばって。

1月14日

―――

体重1231g。母乳10㎖を4回、ミルク10㎖を4回。感染症の値はさらに下がった。両腕の点滴が痛々しい。今日は奏ちゃんがよく泣いていた。

# 1月16日

体重1175g。母乳12mlを4回、ミルク12mlを4回。体重は昨日より減ったけれど、浣腸以外にも自力でうんちが出た。ミルクも増やせた。

ビリルビンという肝機能の数値が上がっていて、「肝臓が本格的に悪くなる前にどうにかしないといけない」と言われていた。そして先生にすすめられて2週間ほど前にインターネットで購入した、オメガベンという薬がスイスから届いた。手のひらサイズの小さくて白い牛乳瓶のような瓶。購入サイトは日本語だったし、普通のネットショッピングとまったく変わらず簡単に購入はできたけれど、薬を個人輸入する日がくるなんて想像していなかった。

問題は価格。日本では未承認薬で保険がきかないので、1ダース12本で約12万円と高い。一度、封を開けると3日しかもたない。奏ちゃんはからだが小さくて少しずつしか使えないから、きっと大半を捨てることになると思う。それに、この先どれくらいの期間使うのかも、どれくらいの量が必要になるのかもまだわからない。

先生の説明だと、海外での子どもに使用した症例はよいという。使用できない病院もあって、この病院は使用できるだけラッキーなのかもしれない。オメガベンが効きますように、信じるしかない。そして、早く日本で保険適用になりますように。

## 1月17日

体重1183g。母乳12㎖を4回、ミルク12㎖を4回。最初はよく寝ていたのに、急に泣き出してからなかなか泣きやまず、看護師さんが保育器に手を入れて奏ちゃんの上半身を起こして、少し揺らしたら泣きやんだ。初めてからだを起こしている姿を見た。手を離すと、また泣くの繰り返しだった。

最近、奏ちゃんは頭でっかちで宇宙人とかヨーダみたい。寝てばかりだから後頭部がまっ平ら。頭は大切だから、いちばん最初に大きくなると聞いていたが、納得の三頭身。

## 1月18日

今日は大雪で病院へ行けなかった。電車が止まって、最寄りの駅でホームから改札の外まで人であふれていると聞いて、行くべきか迷った。「病院の前の坂でバスが立ち往生する可能性もある」と夫に言われ、おとなしく家にいることにした。唯一、連絡先を交換していた、出生体重も誕生日も近い赤ちゃんのお母さんから、「奏ちゃんの人工呼吸器がマスクから鼻の穴に付けるチューブに替わっていたよ」と連絡があった。

家で休んでいても、やっぱり奏ちゃんのことが頭から離れない。病院にいたところで隣で座っているだけだけれど、1日1回は、元気なのかだけでも自分で確かめたかった。

## 1月21日

母乳23mℓを4回、ミルク23mℓを4回。奏ちゃんはまだ熟睡すると、呼吸をし忘れてサチュレーションが鳴ってしまうこともあるけれど、泣くくらいでは乱れなくなってきた。保育器の中の温度も30度以上にしていたのが、28度台に変わっていた。外に出る準備だと思う。保育器を出られる日が近づいてきた気がする。

大泣きしたとき、枕みたいに頭の下に手を入れて、軽く揺らしてあげると泣きやむようになった。頭がまだやわらかくて、手を当てているだけなのに、ペコペコグニャグニャしているのがわかって少し怖い。

## 1月22日

体重1297g。オメガベンを使いはじめた。魚由来の脂肪の点滴で体重がよく増えるらしい。効果が出るのが楽しみ。

奏ちゃんが口をモグモグしているから、どうしたのかと思ってよく見たら、点滴をテープでぐるぐる巻きにした手から、器用に親指を出してしゃぶっていた。そんな小さな成長に感動した。

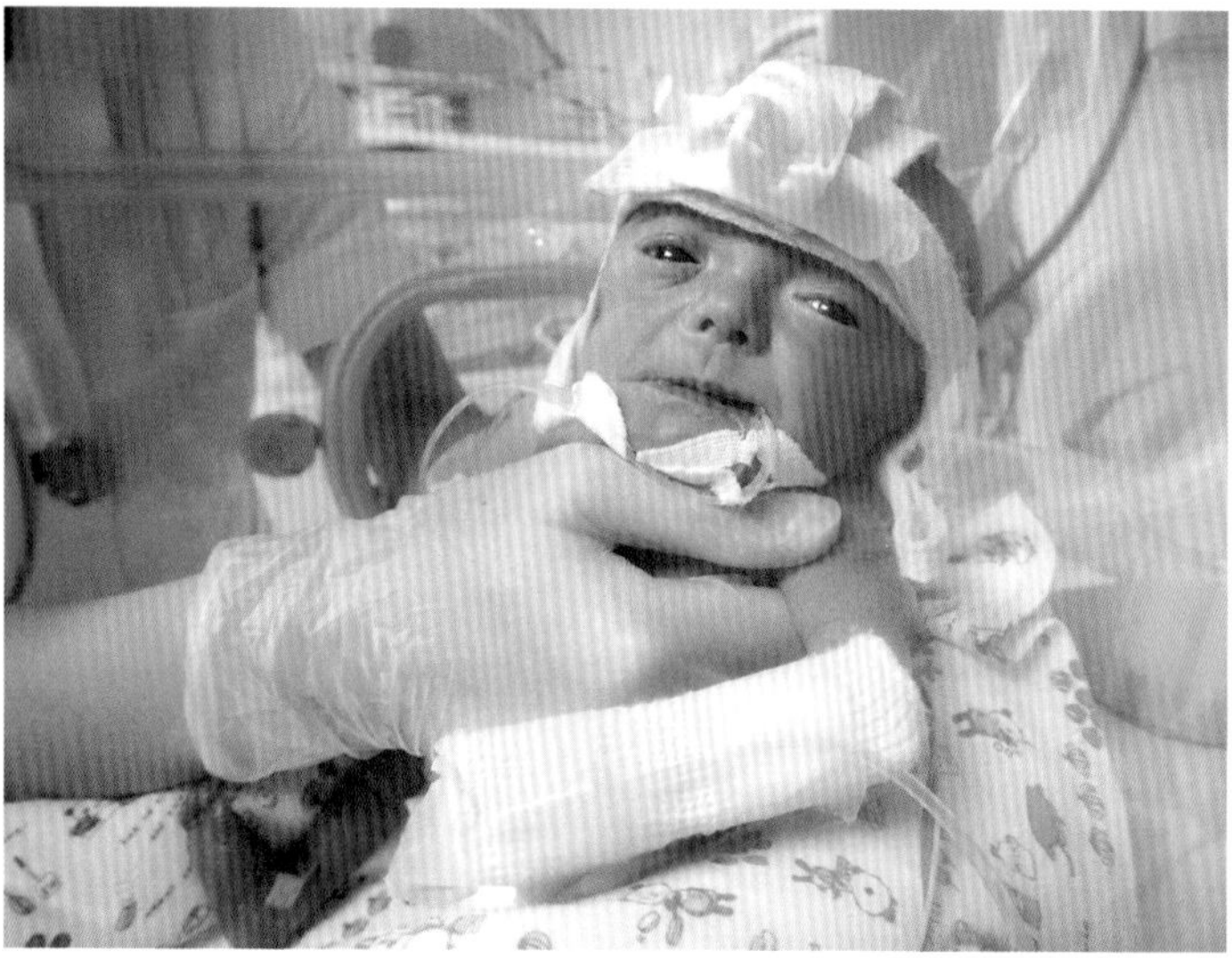

## 1月23日

体重1296g。ミルクはお休み。

奏ちゃんのところに行くと、すぐに先生がやってきた。昨日まであんなに調子がよかったのに、夜から急に呼吸が乱れて血圧が下がって吐いて、顔色が悪くてぐったりしていたので、先生も焦ったそうだ。原因はわからないけれど、また感染症らしい。呼吸が浅かったのだろう。呼吸器が鼻のマスクにもどっていた。

奏ちゃんは落ち着いていたけれど、いつもより元気がなくて、私の指をぎゅっとにぎった。私は泣きたくなった。つらそうなのに、何もしてあげられなかった。

せっかくオメガベンの封を昨日切ったのに、体調が悪いと使えないから1本処分することになった。効果があらわれる前に廃棄だなんて、くやしい。

## 1月24日

体重1309g。母乳10㎖を4回。体調が安定して人工呼吸器は鼻に挿すチューブに戻った。

黄疸の値が少し高いから、念のためにまた光線治療をした。

奏ちゃんはライトの熱のせいで保育器の中の温度が上がってしまうのがイヤなのか、ミルクがたりなくて、おなかがすいているのか、すごく泣いて足をばたつかせて暴れていた。かわいそうだけれど、ぐったりしていなくて、とりあえず泣く元気があって、少しほっとした。

1月25日
――

体重1348g。身長35・5㎝、胸囲24㎝、頭囲27㎝。母乳20㎖を4回、ミルク20㎖を4回。感染症の値が下がりはじめた。今日もまだ光線治療が続いていた。いつまで続くのだろうか。見た目では、よくなってきているのかどうか判断できない。おなかの調子はいいみたい。

1月26日
――

体重1350g。病院から電話があった。毎回、病院から電話があると、奏ちゃんの容態が急変したのかと思って心臓が止まりそうになる。「感染症の値が上がって原因がわからなくて、からだのどこかにバイキンの巣みたいなものができているかもしれないので、造影剤を使い、CTスキャンと髄膜炎の検査をします」と言われた。「髄膜炎になると脳に障害が出る」と言われ、脳と聞いて怖くなった。急いで奏ちゃんに会いに行くと、今日は検査のために使われた薬の効果でぐっすり眠っていた。

検査の結果、悪いところは何も見つからなかった。ほっとしたけれど、毎回、感染症の原因がわからず、もやもやする。

1月28日

体重1302g。母乳10㎖を4回、ミルク12㎖を4回。ミルクの量がたりないみたいで奏ちゃんは怒って、大暴れで挿入されている管を自分で何度も引き抜いてしまった。

今日中に保育器からベビーコットに移ることになった。まだ先の話だと思っていたから、うれしかった。ようやく保育器とバイバイできる。

体温を保てるようになってきたし、「外の刺激が必要な週数です」と、先生に言われた。そういえば、おなかの中にいたら、そろそろ生まれるころだ。

1月29日

保育器も人工呼吸器も卒業した。大きなステップアップだ！

奏ちゃん、おめでとう！

保育器のプラスチックの壁をはさまないだけなのに、いつもより奏ちゃんが小さく感じられる。顔がくっつきそうなくらい近寄って見てみる。小さいなぁ、奏ちゃん。

## 1月31日

保育器を出たので肌着を着ることになった。今まで奏ちゃんに衣服を着せたことがなかったことに、気がついていなかった。初めての肌着は病院のもので、ぶかぶかで、着るというよりは着られていた。

今日は夫が初めて奏ちゃんを抱っこした。これからはたくさん抱っこできる。

体重1316g。母乳24㎖を4回。奏ちゃんは、ミルクの時間がわかるのか、時間になるとちゃんと泣くけれど、ミルクの量が増えて満足しているのか、それ以外の時間はおとなしかった。

奏ちゃんを抱っこしていたら、急に顔をまっ赤にして、そのあと、ブーッと大きな音でおならをした！　腸がちゃんと動いている証拠だ。思わず「えらいね！」とほめた。

# 2016.2

［生後3ヵ月・修正0ヵ月］

2月1日 ――――

体重1349g。母乳24㎖を4回。先生と看護師さんが血相を変えてやってきた。点滴のために、添え木をしてテープでぐるぐる巻きに固定していた右腕が、骨折していることがわかった。「後遺症が残るかもしれません」と言われた。

手術を乗り越えたのに、小さく生まれたこととは別の原因で障害を残してしまうかもしれないなんて、奏ちゃんに申し訳なくて、涙が出た。

もう一度、全身のレントゲンを撮って調べてもらった結果、ほかにも、右手の薬指、左股関節、右上腕にもヒビが入っていた。「2日前に点滴の針を交換したときに折れてしまったのかもしれません」と言われた。

赤ちゃんの再生能力は信じられないくらい早く、2日の間に右腕の骨折は少し曲がった状態で、ほぼくっついてしまっていた。それをもう一度はずしてまっすぐにつけ直して、添え木をすることになった。

整形外科の先生が来て、処置中、私はまた廊下に出された。

「未熟児くる病という病気です」と言われた。「くるびょう?」。また聞いたことがない病名に、私は思わず聞き返した。

先生の説明によると、ビタミンDやカルシウムが不足していてレントゲンでは骨が透けているほど弱く未熟な状態で、点滴の針を交換する時に折れたか、自分で手足をバタバタ振って折れた可能性もあるという。カルシウムは、日光に当たって体内にできるビタミンDによって吸収される。まだ日光を浴びたことがない奏ちゃんは、薬だけでは骨が強くならないのかもしれない。

先生と看護師さんが、とてもすまなそうに何度も謝ってくれた。きっとこういうことにとても腹を立てるお母さんもいるのだろう。私も奏ちゃんを守ってあげられなかったことが悲しい。でも、私はそんなに謝ってもらって申し訳ないと思った。もし看護師さんが骨折をおそれてさわれず、点滴ができなかったら、それだけで奏ちゃんは死んでしまう。肝臓が悪くなったのも点滴のせいだけれど、点滴は止められない。

薬だって副作用もある。まだ医学的にもわからないこともあるだろうし、誰も責められないと思う。ただ、これからはもっとよく奏ちゃんを観察して、できる限り異変に早く気づいてあげようと思った。

2月3日

――

体重1337g。母乳24mℓを4回。昨日より体重1g減。骨折が心配だけれど、元気そう。

体調もよく、昨日からオメガベンを再開できた。このまま薬をむだにせず、使いきれますように。

ストーマのパウチを交換するときに号泣。久しぶりにおへそを見たら、前はきれいな平らなおへそだったのに、泣いておなかに力が入ると、おへそがポコッと出てしまう。臍ヘルニアというものらしい。でべそだ。治るのかな？　命に関わらないなら、まあいいか。「ストーマの閉鎖の手術は、2500gになってからやります」と言われた。だいぶ大きくなったと思っていたけれど、まだまだ大きくならないと。

2月5日

――

体重1358g。母乳27mℓを4回、ミルク27mℓを4回。体重が増えてきたせいか、泣き声が大きくなって廊下まで聞こえるようになった。鼻がブーブー鳴っている。赤ちゃんでも鼻カゼってひくのかな。なんでもないといいんだけれど。

2月6日

――

眠りたいのに寝つけないようでグズグズしていた。昼過ぎ、ストーマのパウチにうんちがほとんど出ていなくて、看護師さんが心配して先生に声をかけていた。奏ちゃんの体温も泣きすぎなのか少し高い。また感染症なのかと心配していた矢先、オムツとパウチにうんちをたくさんしていた。なんでもなくて本当によかった。

2月7日

――

体重1383g。母乳27㎖を4回、ミルク27㎖を4回。今日は生後100日目。保育士さんお手製の紙でできたお食い初めセットで、お食い初めをやらせてもらった。大きめの紙箱のお膳に、折り紙で作ったお皿がいくつも並んでいて、紙でできたご飯やかぼちゃ、尾頭つきの大きな鯛ものっていて、とても豪華だった。

保育士さんに教えてもらいながら、お箸で、ご飯、かぼちゃ、お豆、鯛、歯固めの石を腕の中にいる奏ちゃんの口元に運んで食べさせるまねをした。奏ちゃんは泣いてしまったし、本物の食事ではなかったけれど、今の私たちにとっては最高のお食い初めだった。

看護師さんやほかのお母さんたちも拍手してくれた。たくさん食べて大きく元気に育ちますように。

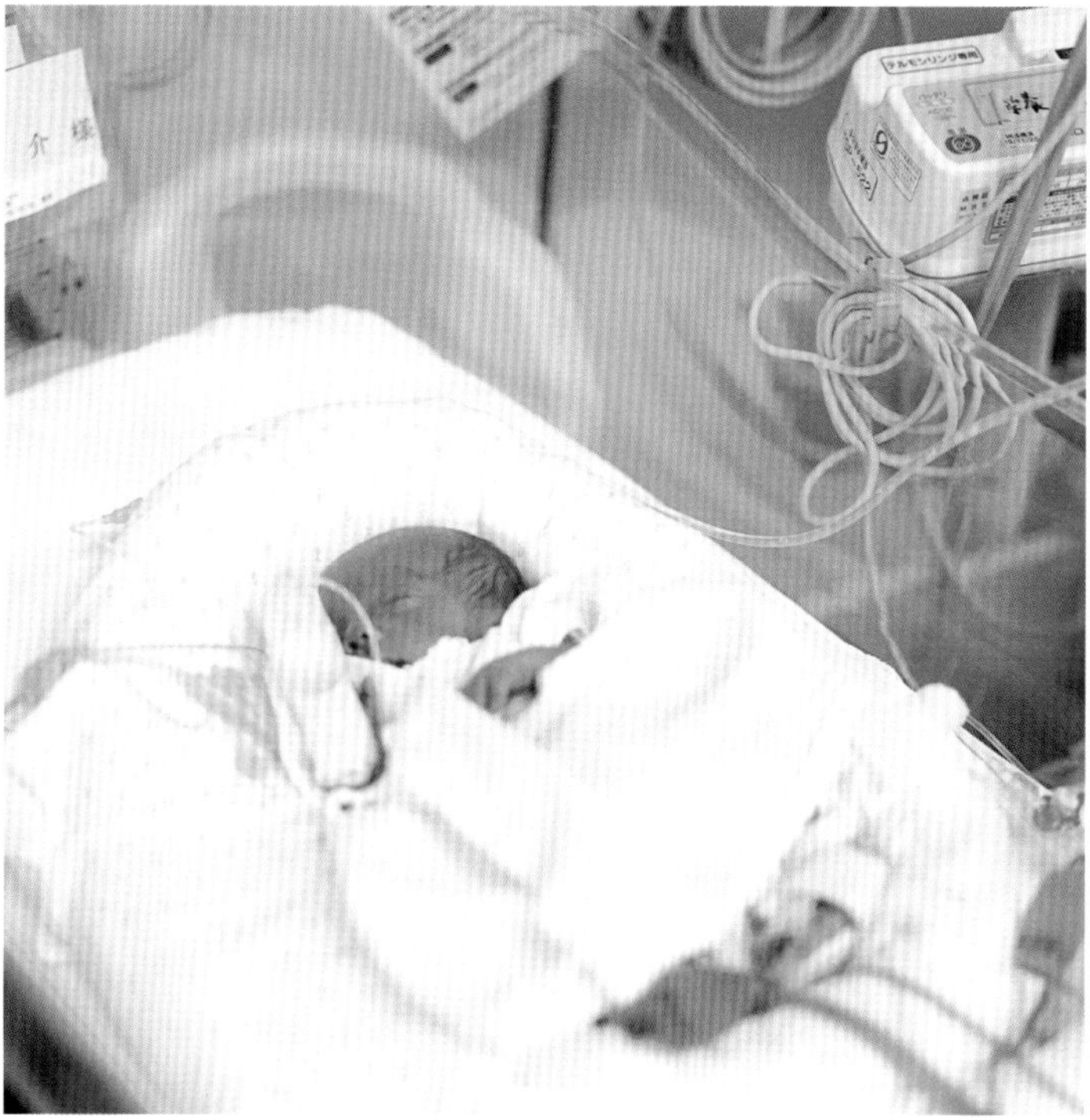

2月8日

——

体重1414g。母乳27㎖。今日は、奏ちゃんの生まれるはずだった日。
早く産んじゃってごめんね。
今日までがんばって生きてくれて、ありがとう。

2月9日

——

体重1432g。奏ちゃんは午前中、看護師さん3人がかりで初めて沐浴をしてもらったらしい。私が会いに行ったときは、疲れたのかぐっすり寝ていた。
今度は左上腕骨と大腿骨が折れていた。やっぱり自分で泣いて暴れるくらいでも骨が折れてしまうのかもしれない。
「骨折は曲がっていなければ、そのままにしておいて平気です」と言われて、今回は添え木などもなく、安静にしておくことになった。また折れそうで、さわるのが怖い。

2月13日

——

体重1430g。ミルクを飲んでもずっと泣いていた。おしゃぶりのかたさが気に入らないせいかもしれないと、看護師さんに私の指をおしゃぶりがわりに口に入れてみるように言われた。

小さな奏ちゃんの口の中に私の小指を入れてみると、私の指を必死に両手でつかんで、すごい強さで吸いついてきた。テレビで見たことのある、保護した小動物に哺乳瓶でミルクをあげているシーンみたいだった。そして、奏ちゃんの小さなからだからは想像できないくらいの吸引力。

「たくさん飲んで生きるんだ！　おなかすいたんだ！」と言っているみたいだった。

## 2月15日

体重1474g。ミルク29㎖を8回。ここ数日、ストーマからパウチに出るうんちが水っぽい。「原因がわからず母乳をやめて、肝臓に負担がかかりにくい特別なミルクにします」と言われた。

奏ちゃんは、今日はずっとおとなしく寝ていた。顔を観察していたら、初めて奏ちゃんの鼻の奥に小さな鼻くそを発見。まだ鼻毛がないことも気になった。

## 2月16日

体重1472g。ミルク31㎖を8回。眼科の先生と未熟児網膜症の説明の面談。

先生は眼球の模型とともに、目の前で紙に図を書いてわかりやすく説明してくれた。目の血管は妊娠後期36週前後にでき上がる。早く生まれても、目の血管は36週までの期間に成長することもあるので、週1回の眼底検査で見守っていた。でももし今、奏ちゃんがおなかの中にいたとしても36週は過ぎていて、血管はまだ3分の2しか育っていない。網膜の部分に、血管のない空き地の状態の箇所ができていて、そこに通常より太く悪い血管が育つ可能性がある。その悪い血管が網膜を引きはがしてしまうと、〝網膜剥離〟、つまり失明する。その可能性がかなり高いようで、網膜の血管がない部分にレーザーを当てて悪い血管ができないように焼いてしまうという。副作用としては、レーザーを当てた部分の視力はなくなるので、視野が普通の人よりもせまくなることと弱視。弱視の視力がどれくらいかはわからない。

先生が言うには、「人は物を見るときに中心を集中して見ているから、視野がせまくてもあまり不自由はなく、生まれつきそうだと認識して育つから不便を感じないはず」と説明された。弱視に関しては、眼鏡をかければ多少は見えるだろう。

週1回だった眼底検査を週2回に増やして、レーザー手術が必要かどうか、ぎりぎりまで状況を観察していくことになった。弱視も心配だけれど、失明だけは避けたい。

目が見えなくなるなんて想像していなかった。手遅れになる前に、少しでも見える確率があるうちに、レーザーでもなんでもやってほしい。

せっかく生きられる兆しが見えてきたのに、見せてあげたい世界がたくさんあるのに、目が見えなくなるなんて、神様は意地悪だ。

## 2月17日

体重が少し減っていた。なかなか1400g台を抜け出せない。いつもは口から胃の挿管でミルクを飲んでいたけれど、今日から哺乳瓶でミルクを飲む練習が始まった。今までおしゃぶりを吸っても何も出なかったのに、今日は急にミルクが出てきたから、奏ちゃんは目をまん丸にして驚いた表情のまま必死に飲みつづけた。まだ口に管を通したままで飲みにくいはずなのに、上手に息継ぎもして飲みほした。

初めて口から飲むミルクの味はどうだっただろう。おいしかったかな？　ほんのり甘かったかな？

私はもう何ヵ月も搾乳している。直接授乳できる日まで絶やさないように搾乳しつづけようと思っているけれど、搾乳した分は結局、余って捨てることになる。病院の冷凍庫に預けている母乳も古いものから順に捨てられていく。

外出中はトイレの個室でしぼって便器に流す。むなしくて、自然と搾乳の回数は減ってしまった。


病院と自宅の往復や、病院内で見かける子連れのお母さんや妊婦さんがうらやましい。視界に入るだけでつらい。なるべく見ないように足早に歩いて、移動中は必ず音楽を聴いて耳にふたをするようになった。

赤ちゃんといっしょに退院していたら、夜中は赤ちゃんの泣き声で起きて、おっぱいをあげるのだろう。でも、私には泣いて起こしてくれる赤ちゃんもいないので、午前3時の搾乳をついついスキップして睡眠時間にあててしまう。それでもいつか、1回でいいから直接授乳をしてあげたいと願う。

ほかのお母さんたちがあたりまえのようにできていることは、私が望む完璧な母子像だと思う。

## 2月18日

体重1515g。奏ちゃんの体重が、生まれたときの3倍になった。おめでとう！

口からミルクを10㎖飲む練習をした。眠くなったのか7㎖でやめてしまったけれど、「はじめはうまく飲めない子が多いなか、とても上手で驚いた」と、先生にほめられた。

1ミリも変化を見逃さないように至近距離で奏ちゃんを観察。きっと奏ちゃんは「顔、近すぎるよ」と思っていると思う。

赤ちゃんは、最初は口呼吸と聞いていたけれど、最近、小鼻がふくらむようになったのは、鼻呼吸が上手になった証拠なのかな？

## 2月20日

今日は身体測定の日。体重1554g、身長38・5㎝、胸囲26・3㎝、頭囲29・8㎝。ミルク32㎖を8回。そのうち10㎖は口から飲む練習をした。初めて、看護師さんではなく私がミルクを飲ませる練習をさせてもらえてうれしかった。

左腕に奏ちゃんを抱えて、奏ちゃんのくちびるに哺乳瓶の乳首《にゅうしゅ》をつんつん当ててあげて、口を開けたら乳首を入れて飲ませてあげる。授乳ではないけれど、食べることは生きることにつながっている。腕の中でごくごくミルクを飲んでいる奏ちゃんを見て、小さな命を育てているという実感がわく。なんて幸せな時間なのだろう。

奏ちゃんは途中で眠そうになったり、何度か泣いたりして、ほんの少しの量なのに1時間近くかけて飲んだ。一生懸命に飲んでいる姿はとても愛しかった。

奏ちゃんの目は、「来週火曜日までに状況が変わらなかったらレーザー手術にふみきります」と言われた。毎日、視力を失わないか、最悪の状況が頭から離れない。弱視になる確率があったとしても早くレーザー手術をして、少しでも視力を残すことを最優先にしたい。けれど、通常のよい血管が育って、手術をしなくてすむという希望も捨てられない。

## 2月22日

体重1607g。ミルクを口から15㎖、管から18㎖を計8回。体重の増え方がよくなってきた気がする。

ベビーコットの位置が変わっていた。ベビーコットや保育器の位置はなんの前触れもなく変わるので、いつもの場所に面会に行ってもいないなんてことがときどき起こる。どんどん赤ちゃんは入院してくる。つねに満床状態。

若いお母さんがあまりいないことに気がついた。見た目は若いけれど、多分、私と同世代の30代半ばか、それ以上だと思う。20代はほとんどいない気がした。いくら医療が発展して40代で出産できるようになっても、人間のからだの作りは変わらない。その影響が明らかにNICUやGCUにきているのだと思った。

新しく隣になった女の子の赤ちゃんは、奏ちゃんより数ヵ月先に800gくらいで生まれて、ストーマをしていたことがあると、その子のお母さんが話してくれた。初めてのストーマ仲間だった。ほかの病院で手術がうまくいかず、ここに運び込まれて再手術をしたらしい。無事で本当によかった。今まで話したお母さんはNICUからいっしょの2人だけだったから、新しく話せる人ができてうれしい。

## 2月23日

体重1628g。ミルクを口から15㎖、管から18㎖を計8回。今日は、眼科のレーザー手術をするかどうかが決まる日だった。することになると思っていたけれど、眼底検査後、今日は手術をしないことに決まった。状況はよくはなっていないけれど、進行もしていないらしい。

以前、説明を受けた、血管が網膜を引きはがす〝網膜剥離〟のイメージが頭から離れない。手遅れにならないといいんだけれど。

少しでもいいから、奏ちゃんが光を見られますように。いつか世界中の美しいものをいっしょに見られますように。私の顔を認識できるようになりますように。

## 2月24日

体重1638g。管からミルク18㎖を8回。口からはミルクを15㎖飲めたり、飲めなかったりを8回。13時に私があげたときはすごくぐずって6㎖しか飲まなかった。

保育器の中にいたときからそうだったけれど、奏ちゃんは右側しか向きたがらず、頭の右側は超絶壁。左向きに寝かせても、泣くからかわいそうになる。左向きにしたところで、いつのまにか自力で向きを変えている。「誰でも向きグセはあるから大丈夫」と言っていた先生も、奏ちゃんの頭の絶壁具合に、少し心配になってきたみたいで、「あまりにも頭の形が悪いと脳に影響があるかもしれないから、もっと大きくなってからヘルメットで矯正するかも」なんて話もチラッと出た。

頭の形なんて、髪の毛が生えたらわからないと思っていたけれど、脳に影響が出るのは困る。でも、ヘルメットをいやがる奏ちゃんが想像つく。心配は先の先まで山積み。

## 2月26日

体重1656g。眼底検査の前には、ミルクを飲ませてもらえない。今日は13時と16時のミルクが飲めなくて、奏ちゃんはおなかがすいたのか大泣きだった。ベビーコットに置くと泣くし、座っても泣くから3時間くらい立って抱っこしていた。抱っこしながらスクワットをしてゆらゆら揺らされるのが奏ちゃんは好き。私は腱鞘炎になりそう。

先生も不思議がっていたけれど、どうして赤ちゃんは座ったことがわかるのだろう。まだそこまで見えていないはずなのに、高さでどう感じ方が違うのだろうか。

眼底検査中は、私は病室から出ないといけないので、実際どういう検査なのかわからない。いつも顔には赤く跡がついていたり、泣き腫らした目をしたりしていてかわいそう。でも、とても大切な検査だから、奏ちゃんにはがんばってもらうしかない。

検査結果は今日も変化がなく、レーザー手術はやらなかった。手術をやらないことへの不安を抱えながらの帰り道、病院から電話があった。先生たちの話し合いの結果、レーザー手術を来週の月曜日にやることになったという。ようやくだ。手術する覚悟はできていたけれど、やっぱり「手術」と聞くと不安になる。

2月27日

——

体重1720g。奏ちゃんの体重が急に増えたから、看護師さんが体重から服の重さを引くのを忘れているのではないか、と思う。

看護師さんは毎日違う人がついてくれる。面会に行くと、「今日の日中（夜間）担当の○○です」とあいさつをしてくれる。

奏ちゃんは小腸から出たうんちをおなかのストーマのパウチにいったんためて、それをシリンジで取って大腸に戻してあげなくてはいけない。だけど、今日の看護師さんは、シリンジで集めたうんちを肛門から入れようとしたので、あわてて止めた。確認したら、やっぱり看護師さんの間違いで、先生と看護師長さんが私に心配をかけたと謝りに来てくれた。面会時間の、隣で見ていたときで本当によかった。

2月29日

——

体重1752g。ミルク35㎖。未熟児網膜症のレーザー手術を受けた。

手術後、奏ちゃんはまぶたをまっ赤に腫らして目を閉じていた。眠くなるお薬を飲んで眠っていたはずなのに、痛いのか、おなかがすいたのか、泣いていてかわいそうだった。

目のレーザー手術は何回かしなくてはいけなくなるかもしれないと言われていたけれ

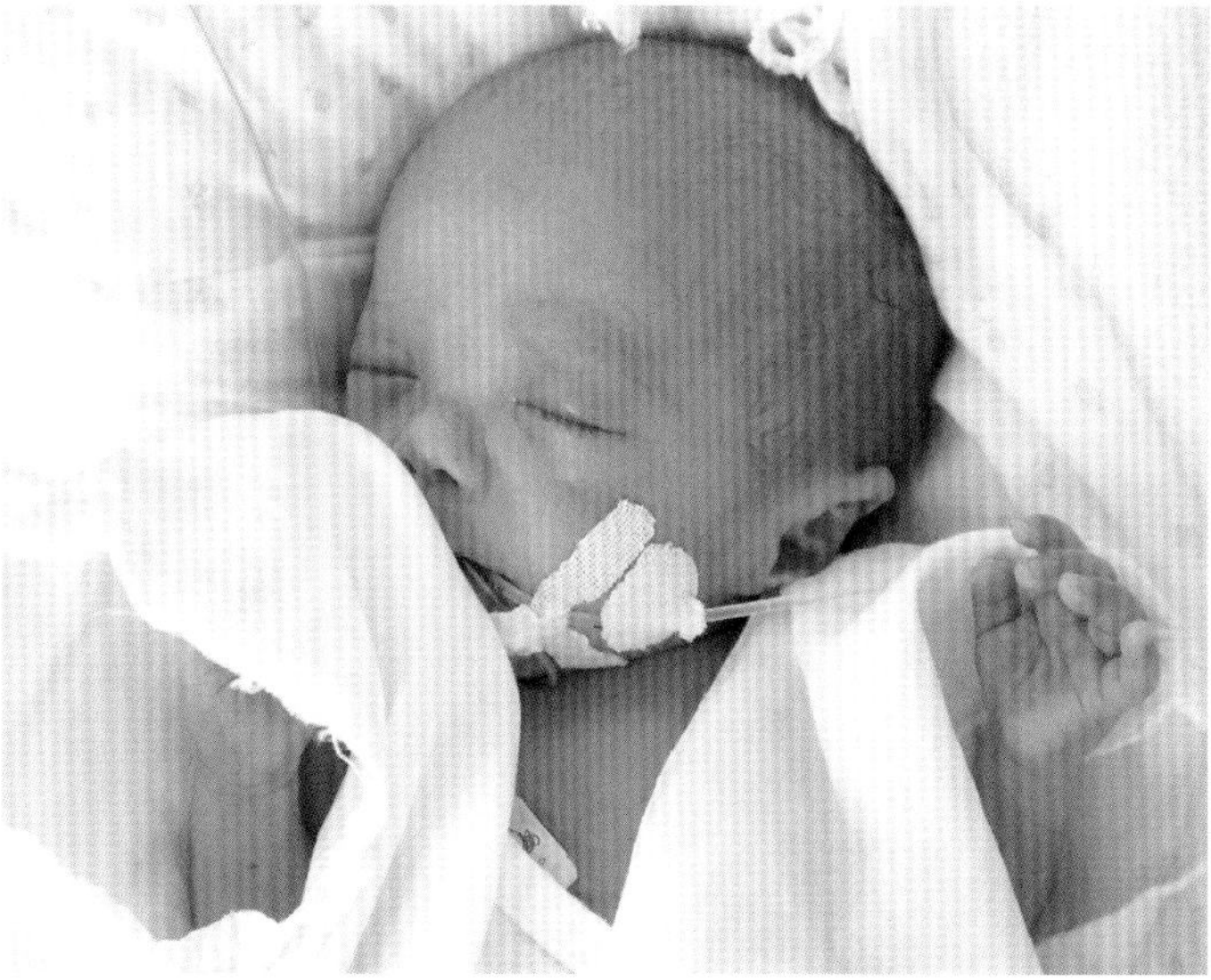

ど、手術はうまくいって、「今のところ追加でしなくて大丈夫そうです」と言われた。ただ、何年かたってから網膜に穴があくなど問題が出るおそれがあるので、高校生くらいまでは年に1回くらい経過観察をしなくてはいけない。
弱視、近視、白内障などの後遺症があるかもしれないし、視野がどこまでせまくなっているのかもわからない。それでも、失明を免れたであろうことにほっとした。
奏ちゃん、よくがんばったね。

# 2016.3 ［生後4ヵ月・修正1ヵ月］

3月1日――

体重1770g。ミルクを口から15㎖、管から20㎖を8回。面会に行ったら、奏ちゃんが昨日と同じ場所にいなかった。まわりを見渡すと、GCUの部屋の3分の2がついたてで仕切られていて、奏ちゃんはそのついたての奥のほうにいた。

そこには、奏ちゃんのほかに5人の赤ちゃんがいた。担当する看護師さんは、いつもはしていないマスクと簡易的な青いビニールのエプロンと手ぶくろをしていて、赤ちゃんにふれるたびにそれらを捨てていて、いつもより緊張感がただよっていた。

今日は担当の先生が不在で、代わりの先生からGCU内でアデノウイルスが流行ってしまったと聞いた。目ヤニが出る特徴があり、昨日、目のレーザー手術を受けて目ヤニが出ている奏ちゃんも「感染の可能性があるので、ほかの子といっしょに隔離しました」と言われた。先生に、目の手術をしたばかりだから目ヤニはそのせいじゃないかと説明したけれど、「ほかの子にうつると大変なことになるから」と言って、聞いてくれない。思わずにらみつけた。

今ここで、そのアデノウイルスとやらに感染したら、奏ちゃんは失明してしまうかもしれない。命に関わるかもしれない。あわてて看護師さんに眼科の先生を呼んでもらった。駆けつけてくれた眼科の先生は「流行り目ではありません。レーザーのせいです」と、しっかりと目の前でその先生に伝えてくれたおかげで、奏ちゃんはすぐに元の場所にもどされた。海でおぼれかけている子どもを水中から救い出したくらいの気分だった。無事でよかった。今日、会いに行って、本当によかった。

## 3月4日

――

体重1782g。ミルクを口から20㎖。途中で機嫌が悪くなり、泣いて全部は飲めなかったけれど、「こんなに口から飲むのがうまい子はなかなかいない」と先生にほめられた。オメガベンも効いているみたいで、悪かった肝臓の数値も下がりはじめた。オメガベンのおかげで脂肪を吸収しやすいのか、体重の増えもいいみたい。

## 3月5日

――

身体測定の日。体重1762g、身長40・2㎝、胸囲28㎝、頭囲31㎝。昼も夜も口からミルク20㎖をぺろっと完食。今まで1時間近くかかって飲んでいたのに、急にやる気が出たみたい。

3月6日

――

体重1832g。1800g台おめでとう。
奏ちゃんが大きくなってうれしい。
今日は昨日よりも少しぐずったけれど、ミルク20㎖を飲み干せた。管からは18㎖。口で飲み終わっても、まだものたりなさそうに口をもぞもぞ動かしていて、かわいい。
また感染症の数値が上がってきて、血小板の輸血を始めた。でも元気そうだから、きっと大丈夫。

3月7日

――

体重1860g。昼間に仕事があって、面会は夜に行った。
私はフリーランスだから、働かないと収入はもちろんゼロ。いつも頭から離れない奏ちゃんの将来の不安なども、仕事に集中していると一瞬忘れられるので頭がクリアになっていい。それに、収入があるという少しの安心感も得られる。ただ、搾乳はしないといけないので、スタッフに気づかれないようにこっそりトイレで搾乳をして、母乳を便器に流さなくてはいけないのがつらい。もっと心を強くもたないと。
奏ちゃんはミルク20mℓを口から飲む途中でぐずったけれど、がんばって飲み干してくれた。途中、何回かゲップをしながら飲んだ。ゲップをしても吐いたりはしないから安心できる。でも、機嫌が悪い原因を見極めるのは難しい。
飲み終わったあとの寝顔がかわいくて、なかなか帰れない。時計の針は22時、23時と過ぎていく。また明日の午前中に来るんだし帰って寝ないと、としぶしぶ帰った。もう病院に住みたい。

3月11日
――
体重1914g。ちゃんと胃が動いているようなので、十二指腸まで通っていた管を抜くことができた。うんちもちゃんと出ている。抱っこすると重く感じるようになってきた。大きくなったなぁ。

3月14日
――
体重1900g。ミルクを飲みやすくするために、口から胃に通っている管を鼻に替えた。毎回40mℓを10分で一気に飲み干すようになった。早く飲みすぎて飲みたりないみたいで、飲み終わってもずっと口をもぞもぞ動かしていた。

大泣きしていたけれど、2時間くらい抱っこしていたら寝てくれた。点滴も取れて身軽になって抱っこしやすいけれど、抱っこでスクワットしながら何時間も立っているので、足腰も腕も痛い。

初めての聴力検査があった。熟睡していないと検査できないらしく、看護師さんが、すやすや寝ている奏ちゃんを検査室に連れていった。検査が無事に終わって、奏ちゃんがもどってきた。

しばらくすると先生が来て、とてもうれしそうに興奮気味に、「奏ちゃん、聞こえていましたよ！」と言われてはっとした。視力は前もって説明があったし、寝る前の目をつぶったまぶたの裏の暗くて静かな世界を想像できるせいか、視力を失う恐怖は強かったけれど、聴力に関しては聞こえることが自分にとってあまりにもあたりまえすぎて、聞こえない可能性があるとは想像できていなかった。

うれしそうな先生を見て、生まれたときに言われた、「すべてが未熟で、どんな障害が起きるかわからない」という言葉を思い出した。

3月15日

―――

体重1906g。ミルク42㎖8回をぺろりと完食。

生まれて初めて心電図と点滴がはずれた。本当に身軽！　最近、奏ちゃんの泣く前の口が、マンガのように「への字」になっていて、かわいい。

今週中に、おっぱいから直接飲む練習が始まることになった。ようやく直接授乳できる。どんな感覚なのだろうか、想像できない。本当に楽しみ。

3月18日

―――

体重1930g。待ちに待った初めての直母（直接授乳）の練習。「ようやくこの日がきた！」と思うと少し緊張した。

授乳ができるようになったとはいえ、自由にできるのではなく、1日1回、看護師さんが付き添ってくれないとできない決まりがある。看護師さんはせまいGCU内で奏ちゃんのベビーコットを囲むように、パーテーションで目隠しをしてくれた。

哺乳瓶と違って、飲んだ量がわからないので、授乳の前と後に体重を測って飲んだ量を計算する。赤ちゃんが疲れてしまうので、授乳する時間も決まっている。赤ちゃんの抱き方、おっぱいのあげ方を習った。

奏ちゃんを右脇に抱えるようにして片手で抱っこして、首を支え、おっぱいを口に近づける。今までまわりの友達が軽々とあげているのを見ていて、簡単なことなのだと思っていたけれど、想像よりもはるかに難しい。片腕での抱っこが安定しなくてぎこちなくなってしまう。なんとか試してみると、奏ちゃんが小さすぎて乳首を顔に近づけると巨大に感じた。口のサイズに合わないんじゃないのかと思ったけれど、奏ちゃんはおそるおそる乳首をくわえてくれた。はむはむと口を上手に動かして飲みはじめた。

なんとも言葉では言い表せない多幸感。そして、人間の本能というものを感じた。やっぱりこの子も人間なのね、と思ったのと同時に、私は本当にお母さんなのだと思った。

妊娠中、おなかもあまり大きくならず、体重も普段より5kgしか増えないまま、陣痛も破水もなく、急に赤ちゃんをおなかから取り出されて、対面しても産んだという実感がまったくなかったこの5ヵ月間だった。毎日奏ちゃんを眺めているだけ、ちょっとふれるだけの日々が長くて、母親になった実感はうすかった。それでも「お母さんになったんだ」「この子はかわいい。自分の子だ」と、洗脳するみたいに心の中で自分に言い聞かせていた。そして今日ようやく、初めてお母さんらしいことをしてあげられた気がしてうれしかった。

上手に飲んでいるように見えたけれど、体重を測ったら6mℓしか飲めていないことがわかった。それでも初めてにしては上出来らしい。

3月19日

——

体重1930g、身長41㎝、胸囲28・5㎝、頭囲32・3㎝。45分かかって直母34㎖を飲めた。看護師さんたちが奏ちゃんをほめてくれた。でも、奏ちゃんは疲れたのか機嫌が悪くなって、そのあと、たりない分を哺乳瓶で飲ませようとしても、泣いて暴れて大変だった。

3月21日

——

体重1966g。母乳46㎖を7回。おとといの半分の時間で、直母で36㎖を飲めた。でも、やっぱり授乳のあとは哺乳瓶をいやがって、飲むのを断固拒否。

奏ちゃんはとても頑固で気が強い。もうおっぱいのほうが哺乳瓶より好きになったのかな。うれしい気もするけれど、たりない分を哺乳瓶で飲んでくれないと困る。

3月22日

——

体重2004g。直母40㎖(20分)。体重がやっと2000gを超えた!

毎日、顔を合わせる新生児科の受付の女性に報告したら、「おめでとうございます!」と言われて、あと何日生きられるか不安に思って気を張っていた糸が切れるように、泣けてきた。

## 3月23日

昨日、眼底検査があって、授乳が1回できず、体重が少し減った。先生が見まわりにきたときに、ふと奏ちゃんのおちんちんを見て、「あれ⁉」という表情をし、もう一度よく見て「尿道下裂です」と言った。本来、おちんちんの先に通っているはずの尿道が、出口の手前までしか通っていないらしい。でも、今はおしっこがちゃんと出ていることと、この病院には小児の泌尿器科がないことから、退院後、別の病院で検査することになった。

いつの間にか搾乳室では、ほかのお母さんたちとよく話すようになった。GCUはNICUよりも人数が多いし、赤ちゃんの状態も安定しているのか、オープンに話すお母さんが多い。

たまたま、ひとりのお母さんが、「うちの子、お尻の穴がふたつあったんですよ。でも、手術が必要かどうかは、今のところ様子見なの」と笑いながら言っていた。脊髄に関わる箇所らしい。ほかのお母さんたちからも、新しく病気が見つかった話などが出てきた。命に関わらない病気は、退院が見えてきたころに、先生からぽろっと言われることが多いのかもしれない、とみんなで話していた。

どのお母さんたちも、ちょっとやそっとのことでは動じなくなっていた。「もう何を言われても慣れてしまった」のだ。

私も同感だった。何ごともなく出産していたら、「尿道の位置が違う」「お尻の穴がふたつある」なんて言われたら卒倒したかもしれない。重い話なのに、搾乳室にいる、笑って話してくれる仲間の強さに、とても助けられている。

担当の先生が、今月末でこの病院を辞めてほかの病院に移ることになった。出産から立ち会ってくれた先生で、生まれて最初に奏ちゃんに挿管したり処置を施してくれた。奏ちゃんは先生じゃなかったら助からなかったんじゃないか、と思う。

先生は処置だけでなく、忙しいのによく奏ちゃんを見に来て声をかけてくれた。ささいなことでもわかりやすくしっかり説明してくれて、私の不安をやわらげてくれた。先生に診てもらえて本当に幸運だ。先生がいなくなるのは本当に淋しい。

## 3月24日

――――

体重2004g。母乳47mℓを7回、直母50mℓを1回。奏ちゃんが50mℓも飲んだので、看護師さんたちがみんな驚いていた。あと20mℓくらいは飲めそうな勢いだった。たくさん飲んで大きくなろう。

最近、私の腕の中で、おっぱいに顔をつけたまま寝てしまう奏ちゃんが、とてもかわいい。今日はおっぱいを飲んでいる夢を見ているのか、口を動かしながら寝ていて、さらにかわいかった。

3月25日

体重2034g。母乳47㎖を7回、直母50㎖を1回。とうとう担当の先生とお別れの日。

先生は、「奏ちゃんが生まれた日のことをはっきり覚えています。よくがんばりましたね」と言ってくれた。私も、手術台に横になっている私に、あいさつをしにきてくれたマスク姿の先生の顔を、混乱している状態だったのに、なぜかよく覚えている。

私は先生にお礼を言ってたくさん泣いた。「ありがとうございました」だけではたりないけれど、それ以上、なんて伝えたらいいのかわからなかった。

奏ちゃんは先生に出会えて幸せだったと思う。元気に大きくなって、もう一度先生にちゃんとお礼を言いに行こう。

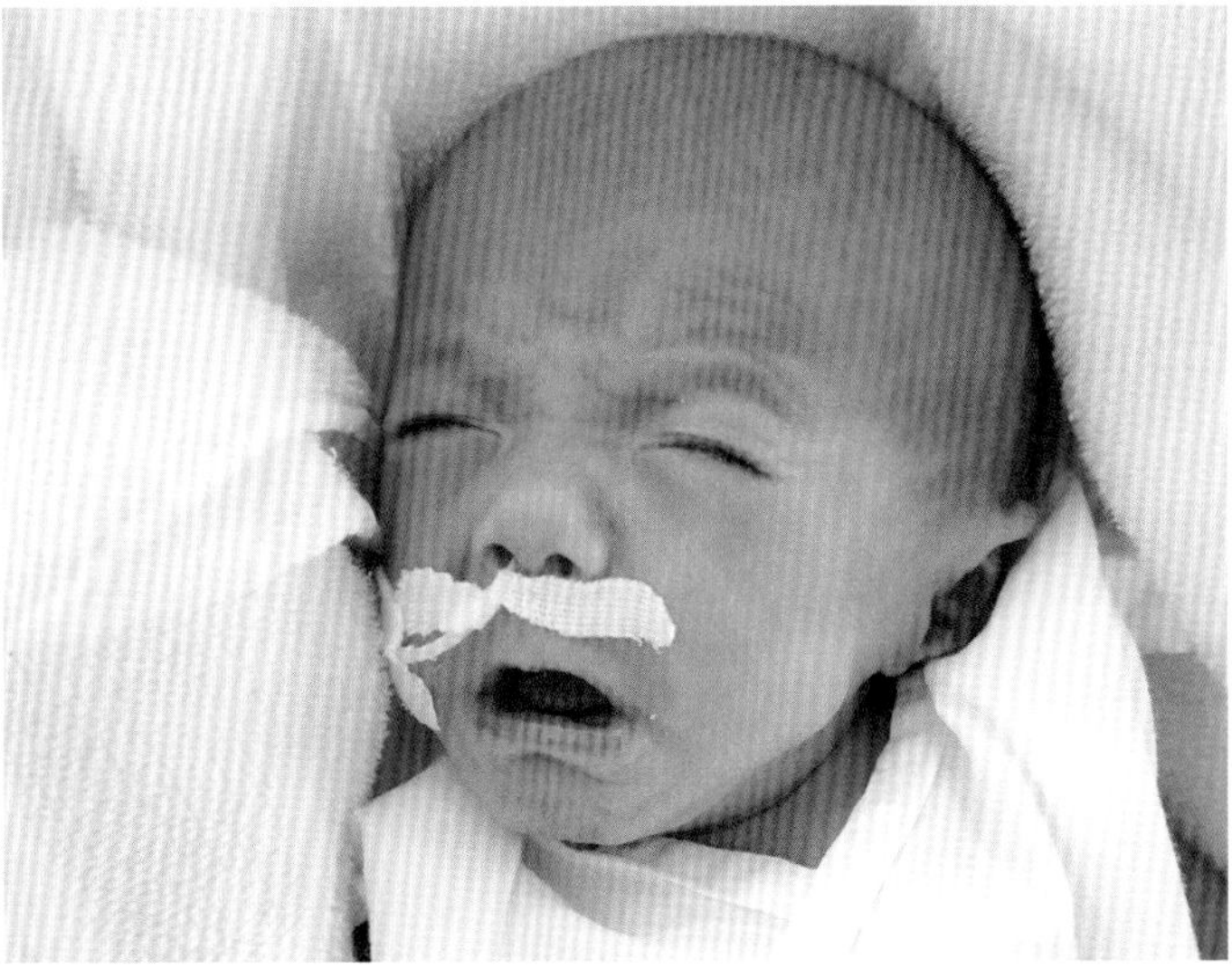

3月26日

――

体重2040g。奏ちゃんが飲みたいときに好きなだけ飲んでいい「自律授乳」が始まった（直母は1日1回。それ以外は哺乳瓶で搾乳した母乳、たりない分はミルク）。好きなだけたくさん飲んで大きくなってほしいけれど、結局、いつもよりほんの少し多く飲んだだけだった。

3月27日

――

体重2096g。13時は、直母で45㎖飲んだあと、哺乳瓶で搾乳した母乳を20㎖と薬を10㎖くらい飲んだ。いくら好きなだけ飲んでいいとはいえ、飲みすぎなのではと心配になって、まだ飲めそうだったけれど、やめておいた。薬をいやがる赤ちゃんも多いのに、奏ちゃんはごくごくミルクのように薬を飲み干して、看護師さんが驚いていた。

3月28日

――

体重2066g。今日、奏ちゃんのおなかが張らなければ、鼻から胃に通している管を抜けるらしい。

昨日、GCUにいた赤ちゃんが1人亡くなった。悲しい。いくらほかの赤ちゃんと関わらないようにと言われても、GCUは大部屋で室内はすべて見えてしまうから、体調が悪そうな赤ちゃんは、そこに先生たちが集まっているので、すぐにわかる。

本当に体調が悪い場合には、ベビーコットから体温管理ができる大きな機械がついているベッドに移される。手が届くほどの位置にある隣のベッドで、ご両親が「がんばれ！がんばれ！」と、赤ちゃんの名前を呼びながら叫んでいることもあった。その子は今持ち直したけれど、あとから、その子のお母さんに、「そのとき危篤だった」と聞いた。

## 3月30日

体重2096g、身長43㎝、胸囲29・5㎝、頭囲32・8㎝。直母45㎖。

奏ちゃんが生まれて今日で5ヵ月。普通なら離乳食を始める時期だと出産前に買っておいた育児本で知った。育児の本には健康的な赤ちゃんの写真とともに、「〇ヵ月ではこういうことができます」という標準的な例が載っていた。どこにも奏ちゃんは当てはまらなくて、読むのがつらくなるからほとんど本を開いていない。奏ちゃんはまだ食べられないけれど、いつかは食べられるようになるから、マイペースに行こう、と自分に誓う。

最近は授乳後、奏ちゃんを私の胸にぴったりくっつけて揺らすと、からだを丸めて寝てしまう。とても温かい。安心してくれているのが伝わってくる。授乳の時間が楽しみ。

## 3月31日

体重2118g。鼻から胃に通っていた管を抜いた。生まれて初めて、何も付いていない奏ちゃんの顔を見た。すっきりしていて、今まで見てきた顔とどことなく違って見える。生まれたての赤ちゃんみたい。

　もう奏ちゃんに付いているのは、サチュレーションだけだ。

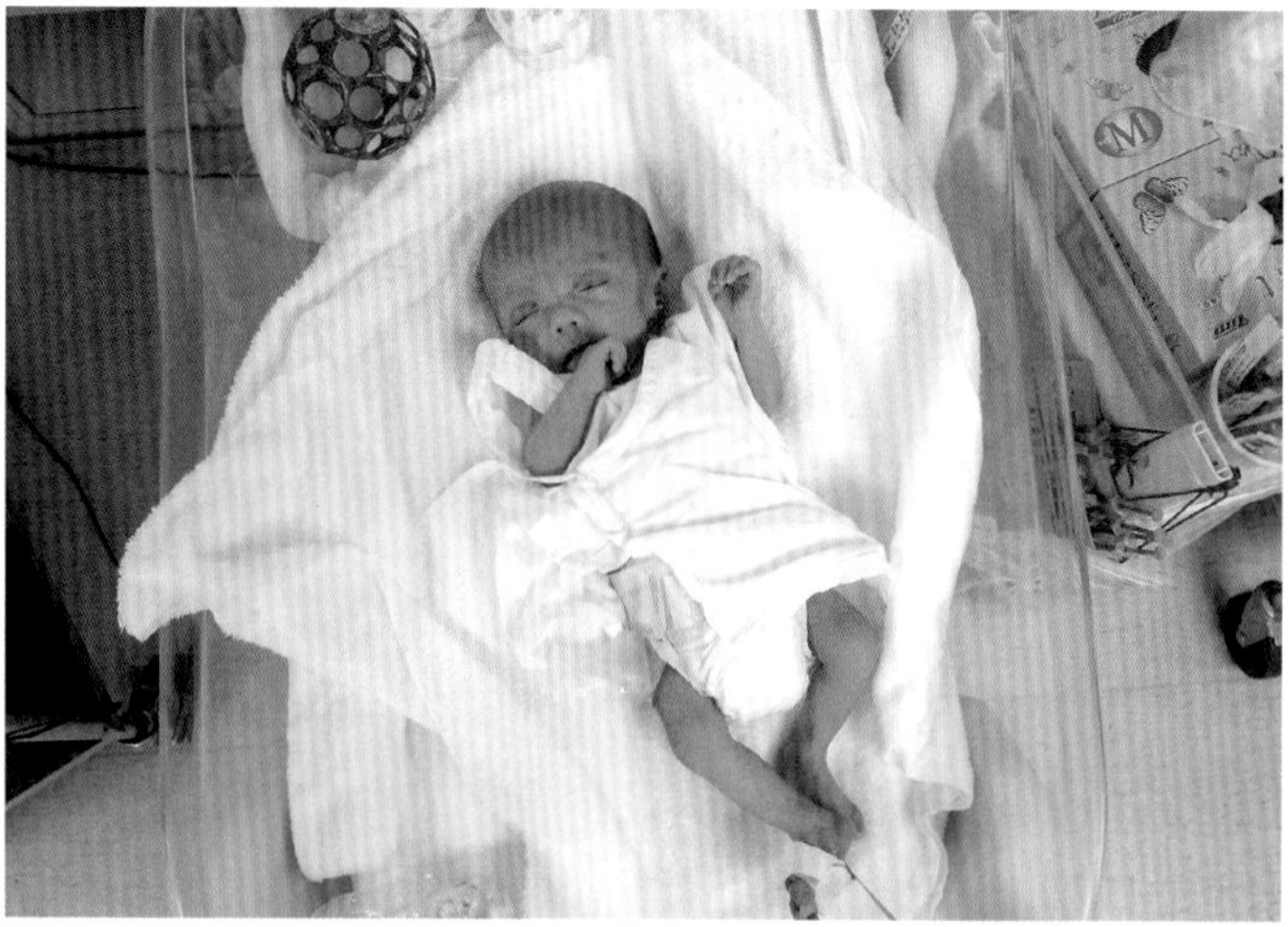

# 2016.4

［生後5ヵ月・修正2ヵ月］

4月8日

体重2188g。直母56㎖。飲みたそうなときに搾乳した母乳を哺乳瓶であげた。

新しく引き継がれた新生児科の先生に、「ストーマを閉じる手術はゴールデンウイーク明けにします」と言われた。ここ数日、奏ちゃんの体重は伸び悩んでいるけれど、「血液検査は問題ないし、肝臓の数値であるビリルビンの値もほぼ正常に戻りました」と言われ、ほっとした。

1時間おきに、ストーマからパウチに出たうんちをシリンジで取って大腸にもどす作業は、奏ちゃんが寝ていても起こしてしまうし、ストレスだと思う。早くストーマを閉じてあげたい。

4月13日

体重2303g。身長44㎝、胸囲30・2㎝、頭囲33・3㎝。また直母をいやがって大暴れ。奏ちゃんは抱っこが大好きだから、私は立ってずっと抱っこしている。私のシャツを力いっぱいにぎりしめながら寝ていて、置こうとしたとき手がシャツから離れようものなら、泣く。

抜管してから泣き声が大きくなった気がする。体重が増えたせいかもしれない。ほかのお母さんにも「奏ちゃんの泣き声は廊下にいてもわかる」と言われるくらい大きい。ずっと抱っこしていてあげたいけれど、重くなってきたから置きたいとも思う。

奏ちゃんが寝ているとき、初めて爪を切った。爪の大きさはお米くらい。切った爪を捨てるのがもったいなくて、記念に持ち帰った。

## 4月18日

体重2366g。奏ちゃんは長い時間、にこにこ笑うようになった。哺乳瓶で私があげるといやがるのに、看護師さんからだと飲む。私が1mほど離れて立っても、じっと私を見るようになった。本当に見えているのかな。目のレーザー手術の術後は良好みたいだけれど、気になる。私は左右に揺れてみたり、奏ちゃんの目の前で手を振ってみたり、何か異常はないか何度も目をのぞき込んでしまう。見えているかどうかは本人でないとわからないけれど、なんとなく見えている気がする。

4月22日

——

体重2468g。知人にプレゼントしてもらった絵本『がたんごとん がたんごとん ざぶんざぶん』を読んであげたら、目ですごく追っていた。わかるんだね。絵本が好きそうでうれしい。

4月23日

——

体重2444g。ミルク50㎖を一気飲みしたあと、眠そうに何度もあくびをしていたのに、結局寝なかった。ふと、これが寝ぐずりというものなのかなと思って看護師さんにたずねると、「寝ぐずりするのも成長した証ですよ」と言われた。

看護師さんたちが、「奏ちゃんは目がぱっちりしていてかわいいね」と言ってくれる。そういえば、私が産まれたときに、名前が決まるまで看護師さんたちが私のことを「おめめちゃん」と呼んでいたと、父が話してくれたことを思い出した。

4月26日

——

体重2514g。手術ができる基準となる体重の2500gをようやく超えた！ 最後の手術だ！　がんばろう！

最近、涙が出ないのに声だけの甘え泣きをするようになった奏ちゃん。看護師さんたちにはバレている。だけど、泣いているときの情けない表情もかわいい。

4月27日

――

体重2542g、身長45㎝、胸囲31㎝、頭囲34㎝。腸に造影剤を流して検査をした。「大腸もちゃんと成長していて問題ありません」と言われた。本当によかった。そして、ストーマの閉鎖手術が5月17日に決まった！　手術なのにうれしいというのは、おかしいけれど、次の手術が終われば退院できる。

うれしくてたまらない。ようやく退院という言葉が見えてきた。

4月28日

――

体重2540g。今日、担当の新人看護師さんが、「去年の看護実習の日に生まれた直後の奏ちゃんを見ました」と話してくれた。カルテを見て実習日と奏ちゃんの生まれた日がいっしょだから気づいたそうだ。

「すごく小さかったですよね。今まで見たことがないほどの小さな赤ちゃんで心配でした」と言っていた。元気な姿を見せることができてよかった。

## 4月29日

体重2554g。毎回ミルクと母乳でおよそ60㎖。

GCUは、NICUを出たばかりの赤ちゃんと病状が少し重い赤ちゃんの部屋、退院が近い赤ちゃんの部屋に分かれている。

仕切りの壁にはガラス窓が付いていて、互いが見えるようになっている。奏ちゃんは、退院が近い赤ちゃんの部屋に移った。退院が見えてきた証拠でうれしいけれど、とにかく人数が多い。GCUに移ったとき以上の息苦しさを感じた。

病状が軽めの子や退院間近の子が多いのか、面会のお母さんたちの会話の様子が明るく感じられた。

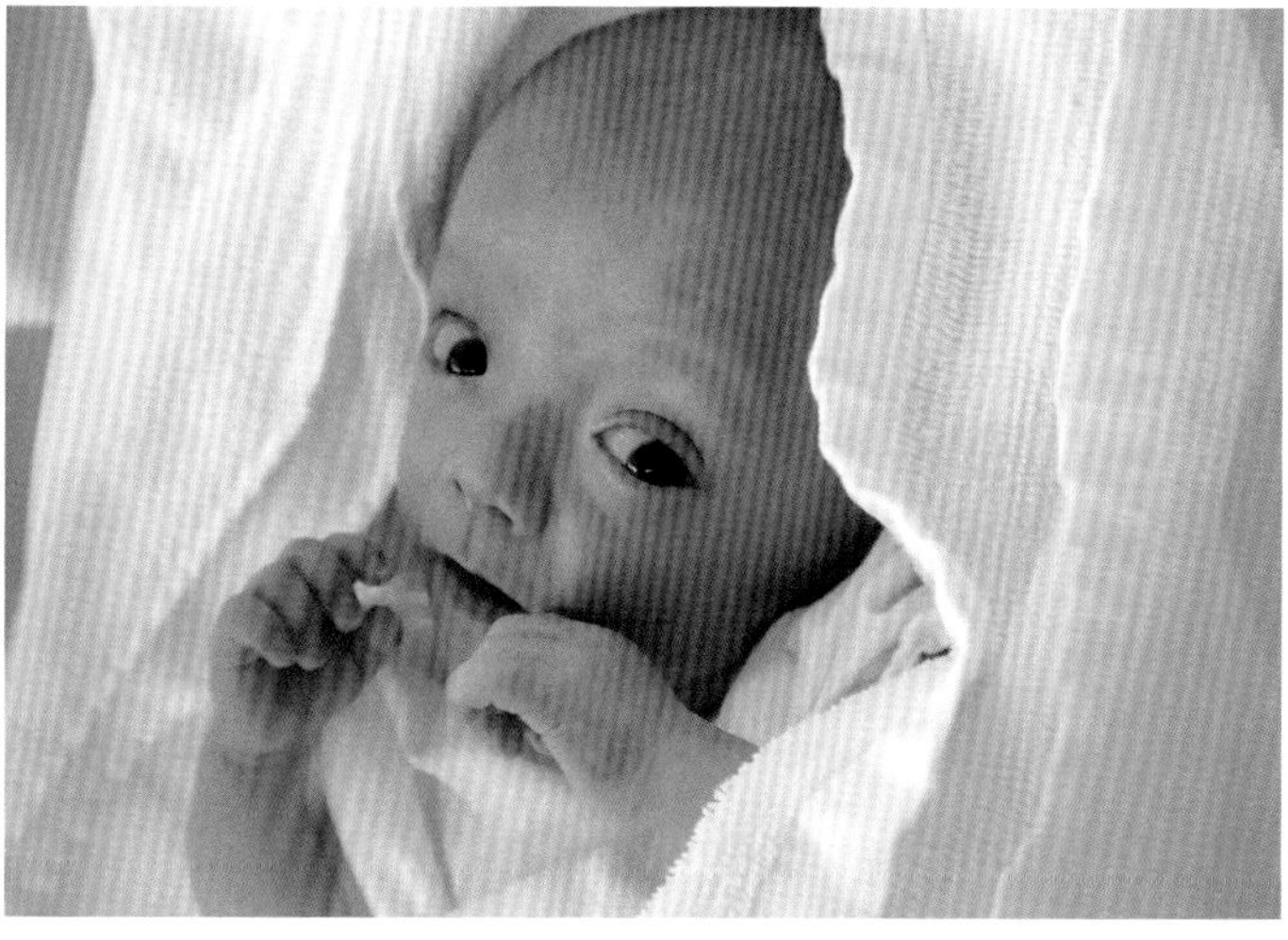

# 2016.5

［生後6ヵ月・修正3ヵ月］

5月5日

――

体重2697g。13時はミルクと母乳で75㎖飲んだ。奏ちゃんにとって、初めてのこどもの日。保育士さんが新聞紙でカブトの折り方を教えてくれて、ほかのお母さんたちと折った。

買っておいた鯉のぼりの手ぬぐいを布団のように奏ちゃんにかけて、カブトを被せたら、マーメイドみたいな仕上がりになった。

NICUとGCUにいるみんなが大きく元気に育ちますように。

5月6日

――

体重2728g。保育士さんが、「少し過ぎてしまったけれどハーフバースデーのお祝いに、紙粘土でフォトフレームを作ろう」と提案してくれた。保育士さんは小児科とNICU、GCUをまわっていて、看護師さんとも少し違う話し相手になってくれたり、イベントごとに部屋を飾りつけしてくれたり、お母さんたちに工作をさせてくれたりして、赤ちゃんだけでなく、お母さんの気持ちのケアもしてくれている。

保育士さんがあらかじめ用意してくれた、フレームの形にくりぬかれた段ボールに紙粘土をつけて、看護師さんに手伝ってもらいながら、奏ちゃんを抱っこして紙粘土の部分をにぎらせ、手形をつける。奏ちゃんは、目が飛び出て落ちそうなほど丸くして、口をぽかーんと開け、「この物体はなに⁉ 初体験なんだけど！」という吹き出しが顔の横に書いてありそうだった。

手から感触や温度が脳に伝わって、目を見開いて、何を感じているのだろう？ こんなささいなことも、奏ちゃんにとっては新しい経験。たくさんの新しい経験を積んで発達していってほしい。


奏ちゃんをはじめ、今GCUにいる赤ちゃんは、生まれてからずっと同じ空間で、さわったことがあるもの、見たことがあるものは数えられるほど限られている。

まだ外の世界をまったく知らなくて、外の空気も風も太陽の日差しも雨も感じたことがなくて、空といえば、天井に水色一色できれいに塗られ、まっ白い雲が数個描かれている四角い空だけ。私はその空を見上げるたびに、なんだか胸が押しつぶされそうになる。元気に生まれて退院している赤ちゃんたちは、きっと外の世界で数えきれないくらい新しいものを見て、聞いて、さわって、かいで、陽の光を浴びて、毎日変わる空の色を眺めているのだろう。

5月7日

――

体重2726g。授乳練習ではまったく吸わなかった。まだ始まったばかりなのに、もう卒乳？　1回だけでも奏ちゃんに直接おっぱいをあげることが目標だったから、ちょっと卒乳が早いとか、ぜいたくは言わない。目標は達成したのだから、それだけで幸せだ。

5月10日

――

体重2804g。今日は母の日。SNSでは、初めて母の日を迎える友達たちの「みてみて！　私の母の日！　お花とプレゼントをもらった！　幸せだ！」という投稿であふれていた。見なければよかった。

いまだに病院の行き帰りや、街で赤ちゃんや妊婦さんを見かけると、うらやましくて、しょうがない。とても胸が苦しくなる。みんなが普通にできていることを、なんでできなかったのだろうと思う。

今日も奏ちゃんは元気でよかった。抱っこができてよかった。それだけを何度も頭の中で自分に言い聞かせながら帰った。

5月12日

体重2824g。先生とストーマの閉鎖手術と鼠径ヘルニアの手術前面談。面談室に行くと、いつも産後に受けた説明を思い出す。

今回の手術は、ストーマを閉鎖する手術と、最近見つかった鼠径ヘルニアの手術をすることになった。

奏ちゃんは、泣いたりしておなかに力が加わると、腸が飛び出ておちんちん側に入り込んでしまう（脱腸）らしい。少なくはない疾患らしいけれど、やっぱり鼠径部の壁ができ上がる前に生まれてしまったのが



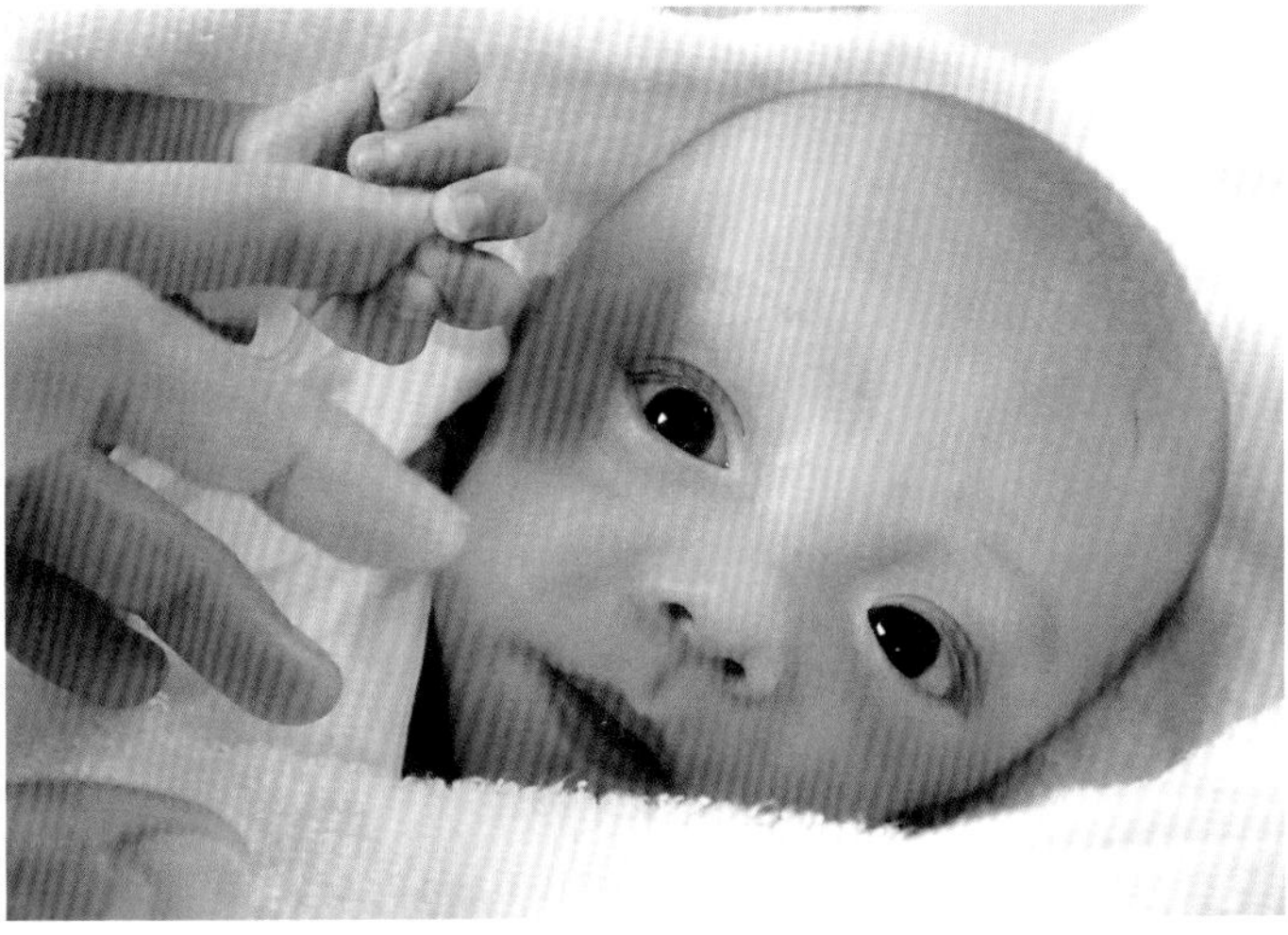

原因のひとつなのではないかと思った。人のからだは週数ごとにでき上がる順番が決まっているんだなと、あらためて実感した。後々ほかにも疾患が見つかるのではないかと、心配はつきない。

生まれてすぐの手術のときに説明を受けた麻酔科の先生とも面談した。記憶がもうろうとしていてはっきり思い出せないけれど、前回、先生は深刻な表情で「500gの体重（手術のときの体重は少し減って400g台になっていた）では麻酔は難しく、どうなるかわかりません」と言っていたと思う。

今回は部屋の空気からしてまったく違った。先生は、「よくここまで大きくなったね。前回みたいな麻酔での心配は少ないと思います」と、とても穏やかに言ってくれた。

麻酔による後遺症のリスクはゼロではないけれど、奏ちゃんの体重は前回の5倍以上もあるし、だいぶ体力もついている。

先生の安心が伝わる。

今回の手術もきっと大丈夫。

5月14日

――

体重2842g。2日前から奏ちゃんの機嫌が悪い。抱っこしても急に暴れたりするし、おなかがすいたと思ってミルクをあげると、20㎖で飲むのをやめて寝そうになったりする。感染症にかかってないといいんだけれど…。

5月16日

――

体重2840g。手術前日。久しぶりに点滴をした。点滴なんて見慣れたものだし、大丈夫だと思っていたけれど、小さなからだに刺さった針と管を見て、その痛々しさに言葉が出なくて、涙をこらえるのに必死だった。きっと、見慣れることはないのだろう。

奏ちゃんは最近、いやなことは暴れて大泣きしたり、手ではらいのけたり、ますます自己主張がはっきりしてきた。今日も機嫌が悪くなると覚悟していたけれど、にこにこ笑っていた。

13時から絶食が始まった。案の定、泣いたけれど、抱っこをしたら泣きやんだ。点滴も我慢してくれて、とてもいい子だった。大切な手術だって伝わっているのかな。

奏ちゃん、ありがとう。明日はがんばろう。

## 5月17日

待ちに待った手術の日。これが終われば退院できると思うとうれしい。

GCUに入ると、奏ちゃんは手術前や病状が重い子が使う温度調節やいろいろな機能が付いているものものしいベッドに、たくさんの管やコードにつながれて寝ていた。

普段の点滴とは違う点滴（動かすと危ないらしく、むやみにふれられない）が、これから手術なのだと思わせる。口から肺に直接酸素を送る管が挿入されていて、口のまわりいっぱいにテープで固定されていた。けれど、目はうっすらと開いていて、「眠くなる薬を使ったのに、元気なんです」と先生に苦笑いされた。こんなにいろいろ付いているのに、両手足をばたつかせて元気な奏ちゃん。意地でも寝ない気らしい。

眠くなる薬を追加されてから、ベッドごと手術室へ向かった。前回同様、GCUの前の廊下で奏ちゃんを見送る。奏ちゃんの手をにぎって、「大丈夫だからね、がんばって」と何度も伝えた。奏ちゃんは以前とは比べものにならないほど大きくたのもしくなったはずなのに、私の手のひらにおさまる手は、まだまだ小さかった。

先生と数名の看護師さんと1階下にある手術室へ向かっていく。奏ちゃんと先生たちの後ろ姿を写真に撮った。前回は写真を撮る余裕なんてなかった、忘れられない光景。そして、もうこれが最後。

きっと希望に変わる光景。奏ちゃんの勇敢な後ろ姿だ。

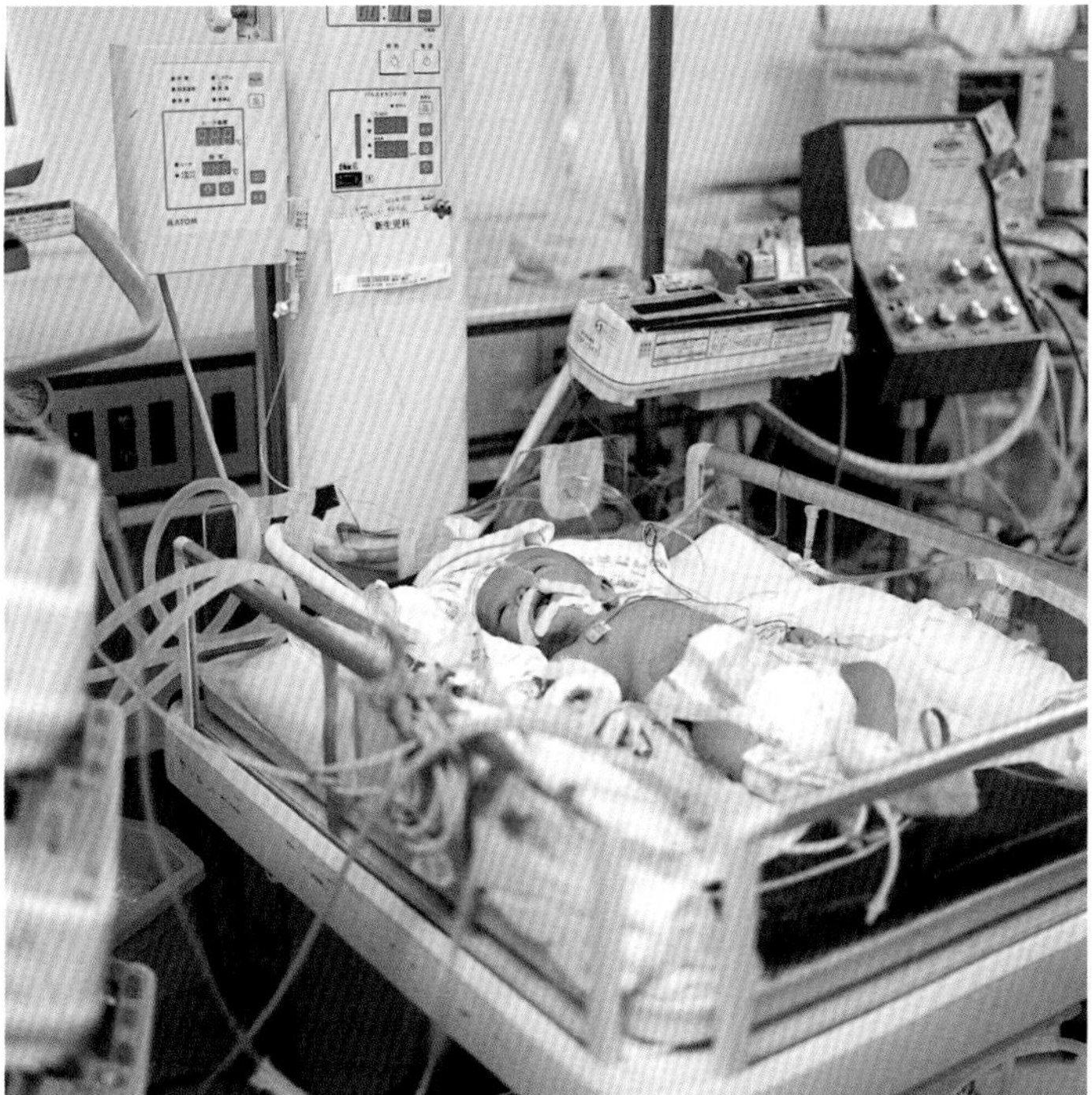

「準備を含めて4時間程度」と言われていた手術は、なかなか終わらなかった。何もしてあげられず、廊下で待つことしかできない。時間ばかり気にしていたころ、ようやく先生がやってきて「無事に終わりました」と笑顔を見せてくれた。緊張していた全身の力が抜けた。結局手術は5時間かかった。そして、奏ちゃんはGCUに帰ってきた。

前回同様、執刀してくださった小児外科の先生に面談室で手術の説明を受けた。腸が無事に育っていたこと、ストーマの閉鎖手術よりもヘルニアの手術に当初の予定よりも時間がかかってしまったことを聞いた。鼠径ヘルニアの手術はおまけ程度に考えていたので、そっちの手術が難航していたとは想像していなかった。

とにかく、無事に終わって本当によかった。先生、ありがとうございました。

5月18日

――

鎮静剤で眠いはずなのに、奏ちゃんはぱちっと大きな目を見開いて、ときどきこちらを見る。口にも鼻にも管が通っていて、その管を固定するテープが何枚も貼られて、目のまわり以外はほとんど見えていない状態だった。だからなのか、いつもよりいっそう、目がギョロギョロと大きく感じる。

奏ちゃんは大きな目で、こちらを見ながら、「お母さん、痛いよ、離してよ、これとってよ」と訴えているみたいで、泣かないように明るくふるまって声をかけるのが精いっぱいだった。それでも奏ちゃんは、そんな私を見て、少し笑ってくれた。そして、目をつぶって口をちゅぱちゅぱと動かしていた。奏ちゃん、おなかすいたよね。

たまに鎮静剤が弱くなるのか、顔をしかめて泣きそうな表情を見せた。そのたびに、点滴のボタンを押して鎮静剤を入れてあげる。挿管されていて声が出せず、ただ顔をしかめている姿がよりいっそうかわいそうに思えた。先生には「少しおなかがむくんでいるけれど、術後2日目にしては順調です」と言われた。

両腕に点滴をしているし、ふれられる部分はあまりないけれど、「えらかったね」と、奏ちゃんの頭をたくさんなでてあげた。

## 5月19日

体重2935g。食べていないから体重は減ると思っていたら、点滴によって増えていた。

今日も昨日と変わらず、鎮静剤で半分寝ているような、うつろな状態だったけれど、昨日よりは目をはっきり開いていることが多かった。

顔の上を動く看護師さんの手を興味深そうに、一方で、次は何をされるのかおそれているような目で追っていた。有無を言わせず、こんなベッドにしばりつけられて急に身動きが取れなくなって、それは怖いだろう。私だって出産のときに、説明を受けたとはいえ、急に目隠しをされて手術室に運ばれ、突然おなかを切られたのは悪夢を見るほど怖かった。

赤ちゃんはまだ痛覚も鈍いし、忘れてしまうというけれど、奏ちゃんが今までの手術や病院でのこと、つらさや痛さをきれいさっぱり忘れてくれますように。

## 5月20日

看護師さんが言うには、「奏ちゃんが自分で上手に、先生に人工呼吸器をはずしてほしいと訴えた」そうで、GCUに着くと、奏ちゃんの口から管が1本減っていた。どうやって訴えたのだろうか？

鎮静剤も使わなくなって、痛そうな表情をときどき見せるけれど、うんちもおならも出ているし、すごい早さで回復している。赤ちゃんの回復力は本当にすごい。顕微鏡をのぞいて細胞が何十倍速で分裂している映像を想像した。きっとそんな速さで奏ちゃんの細胞が大急ぎで傷口を修復してくれようとしているのだと思う。

奏ちゃんは頭をなでられると落ち着くみたいで、少しの時間だけでも寝てくれるから、頭をなでつづけた。

たんが出やすくなるように、美顔器みたいなミストを顔にかけられていて、顔がてかてかしていてかわいかった。

## 5月21日

―――

奏ちゃんの機嫌が悪い。手術のために刺した点滴がまだ取れていなくて、危ないから、私は抱っこさせてもらえない。泣いて暴れるので、鎮静剤を少量使いはじめた。薬が効くまでの2～3時間は、看護師さんが交代で奏ちゃんを持ち上げてあやしつづけてくれた。やることがなく横で見ているだけの私を、奏ちゃんは「なんでお母さんは抱っこしてくれないんだよ！」とでも言いたそうに、にらんでいた。

## 5月22日

―――


体重2727g。体重はやっぱり減ってしまった。まだ点滴だけだから仕方がない。

奏ちゃんは今日も鎮静剤を使っているけれど、私がいる時間はまったく寝なかった。

薬に強いというか、鎮静剤が効きづらい気がする。眠くなるのを我慢している感じ。降参して寝てしまえばラクなのに…。

今日は夜も会いに行った。夜は寝たり起きたりを繰り返していたけれど、少しは眠れていて安心した。奏ちゃん、今日も抱っこしてあげられなくてごめんね。

## 5月23日

ミルク5㎖。ほんの少しだけれど、ミルクが飲めるようになった。5㎖なんて、ほんの一口、数回吸ったら終わる量なのに、おなかがすきすぎて焦って泣いて、なかなか上手に飲めなかった。

胃につながっている管が細くなった。手術のときに刺した点滴と尿道の管もはずせることになったけれど、看護師さんが忙しくてなかなかはずしてもらえない。待ちきれなくてそわそわと何度も看護師さんの様子をうかがった。結局、私がいる間にははずされなかった。

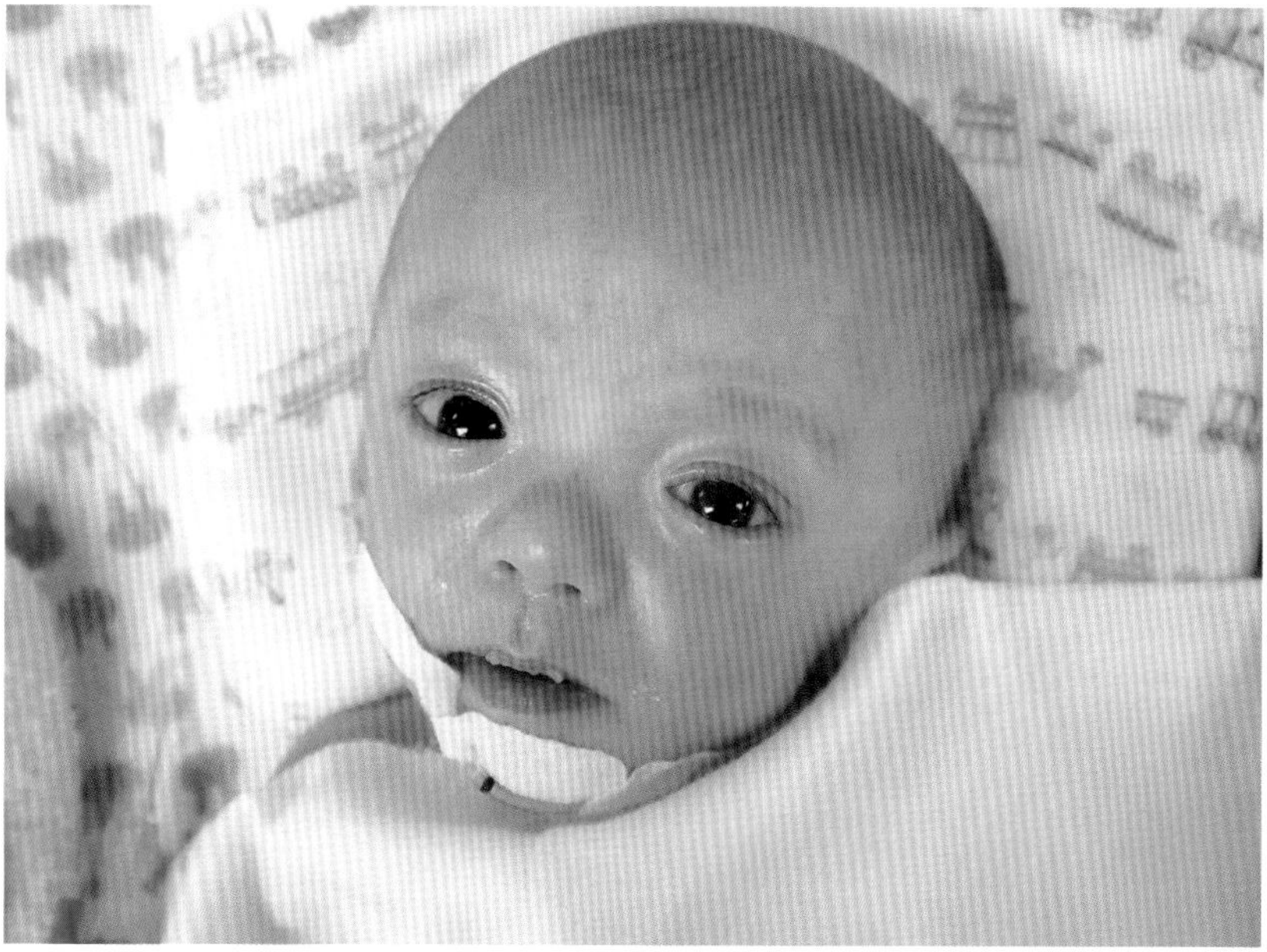

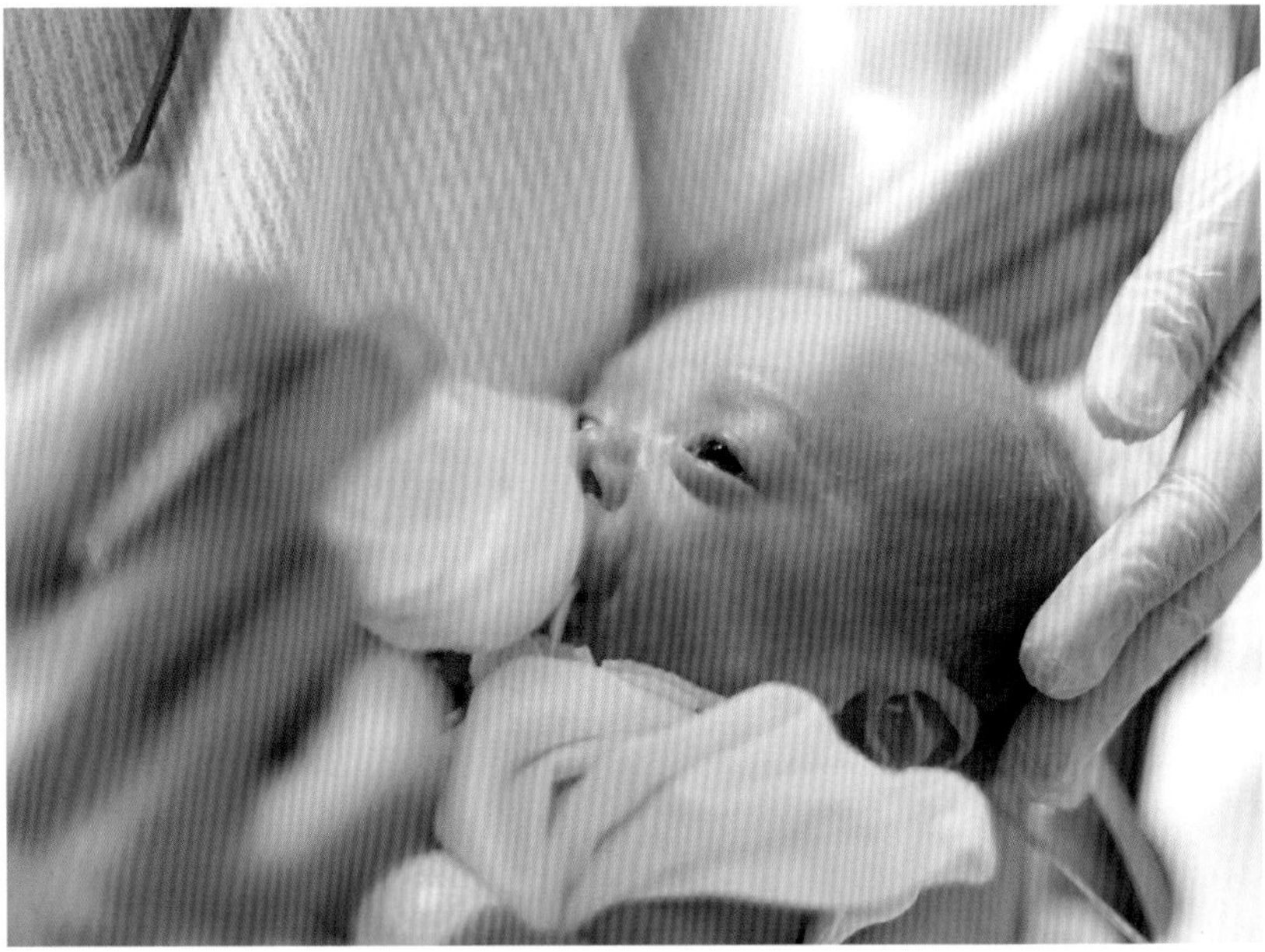

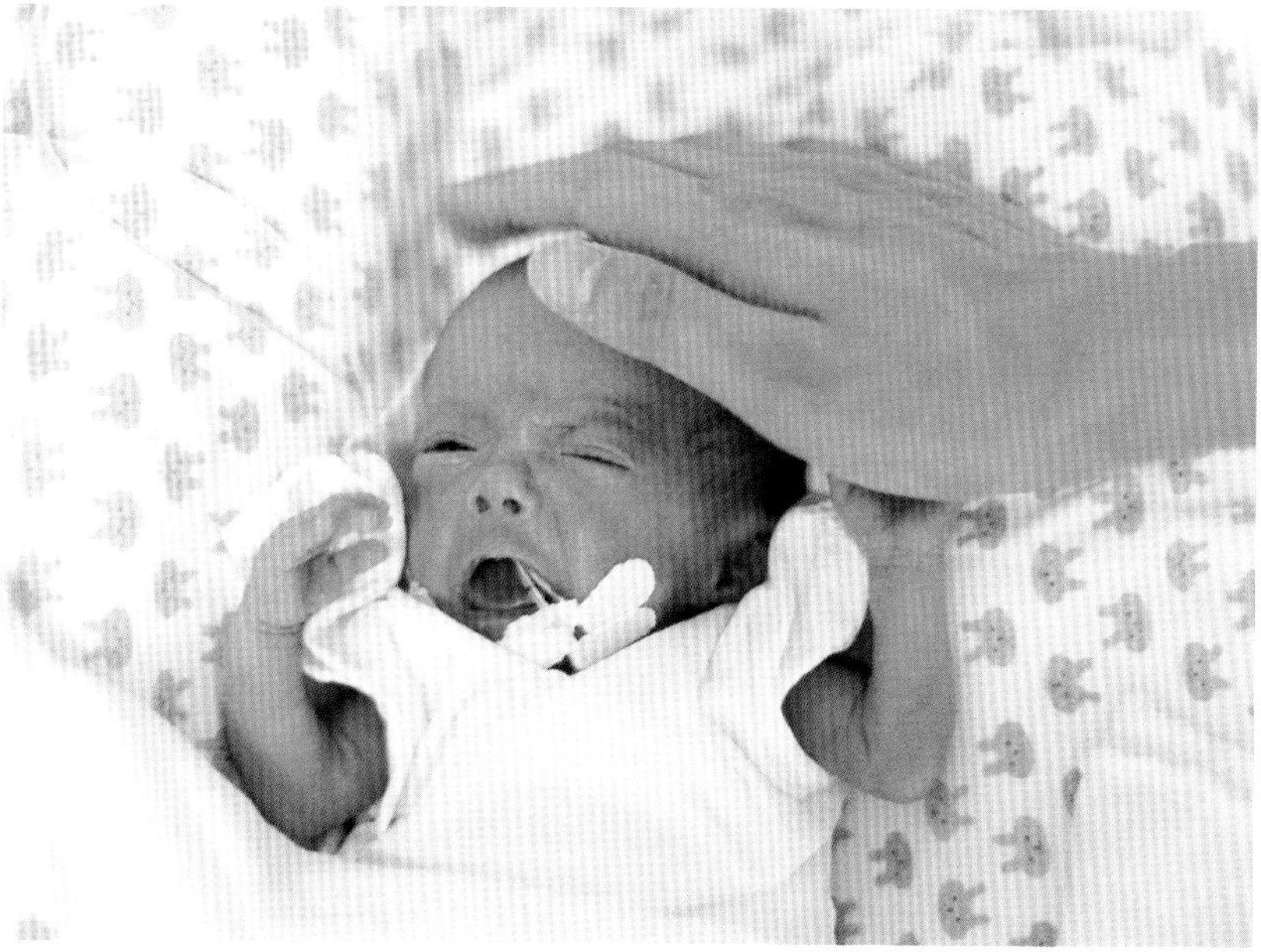

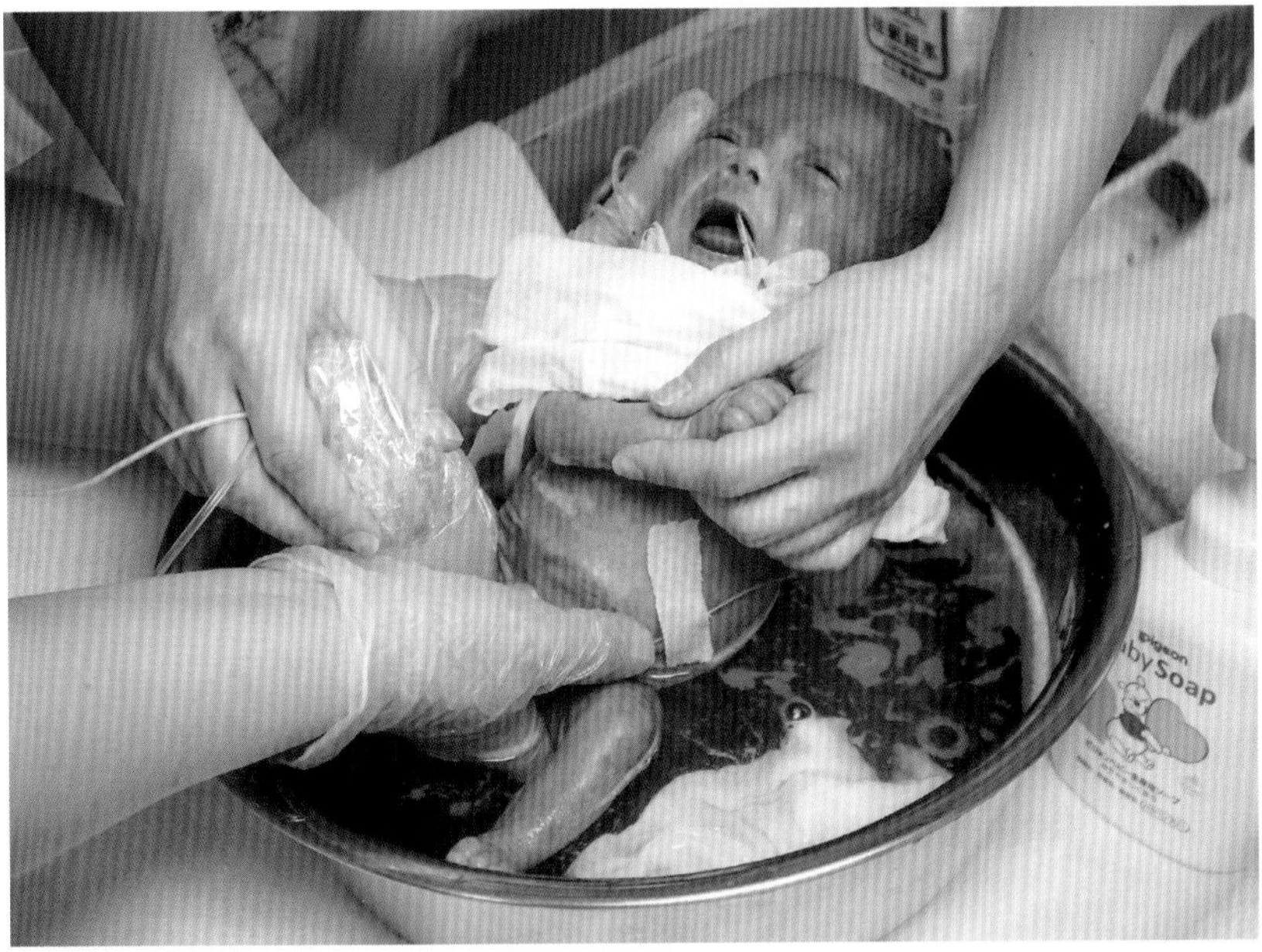
pigeon
bySoap

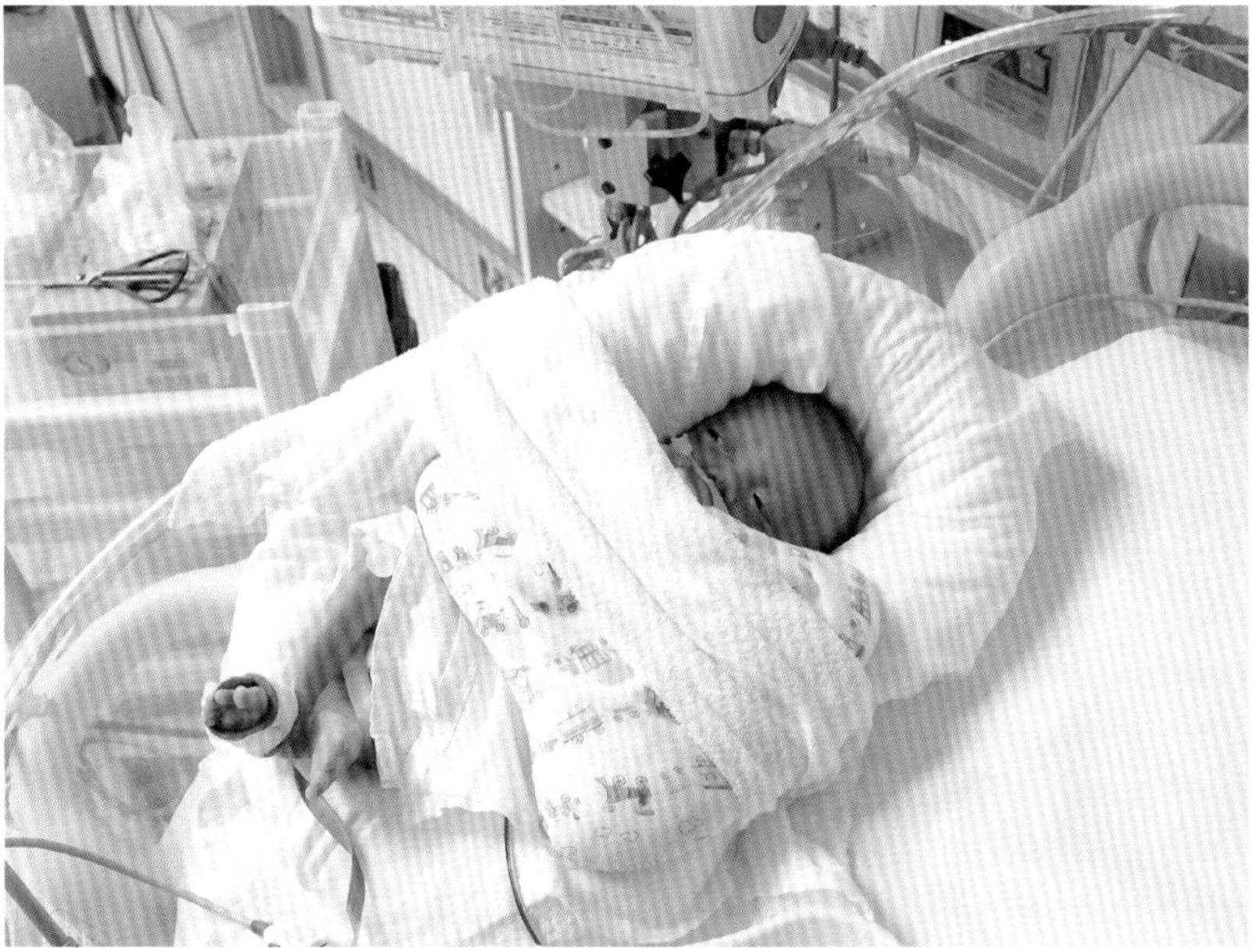

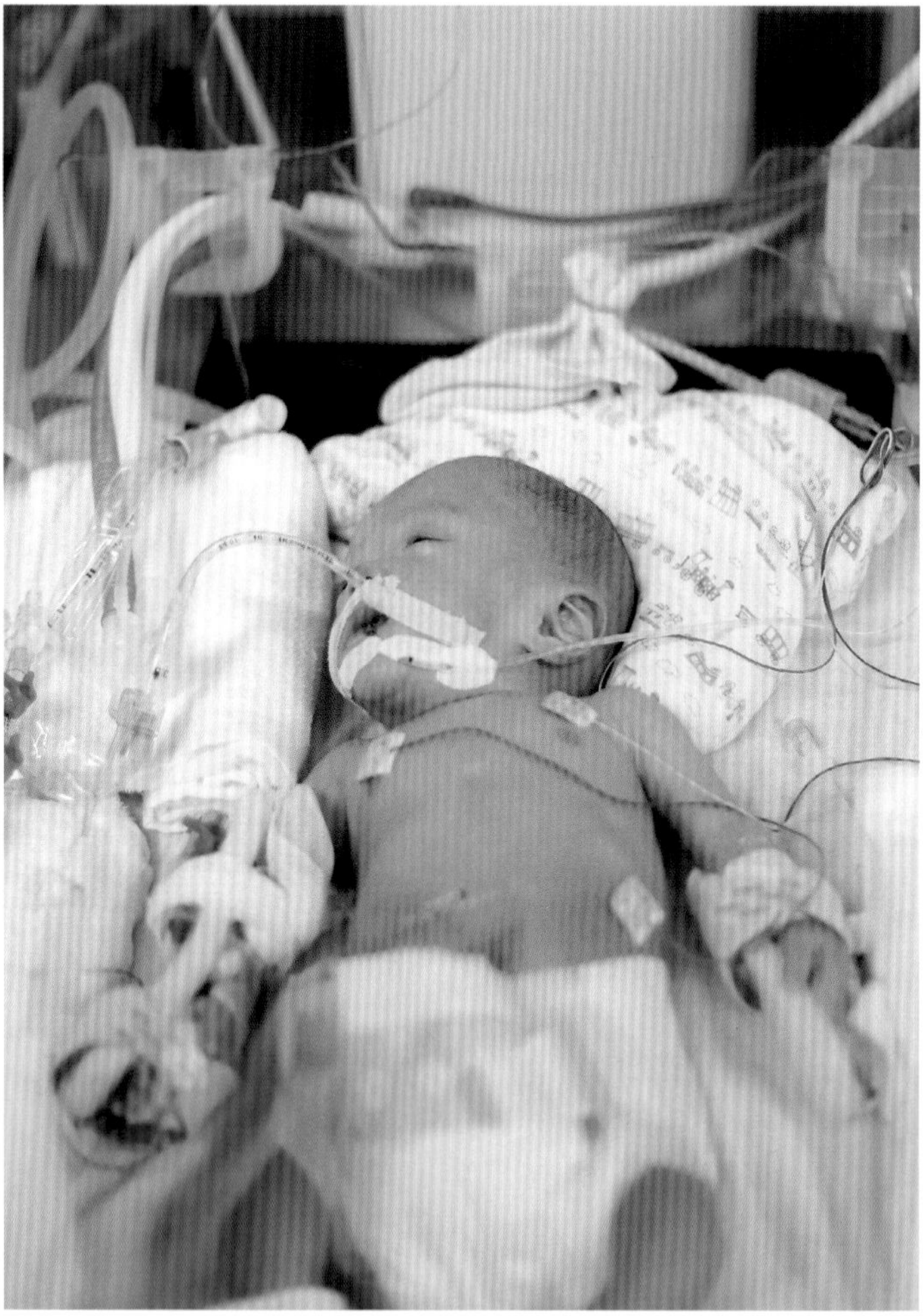

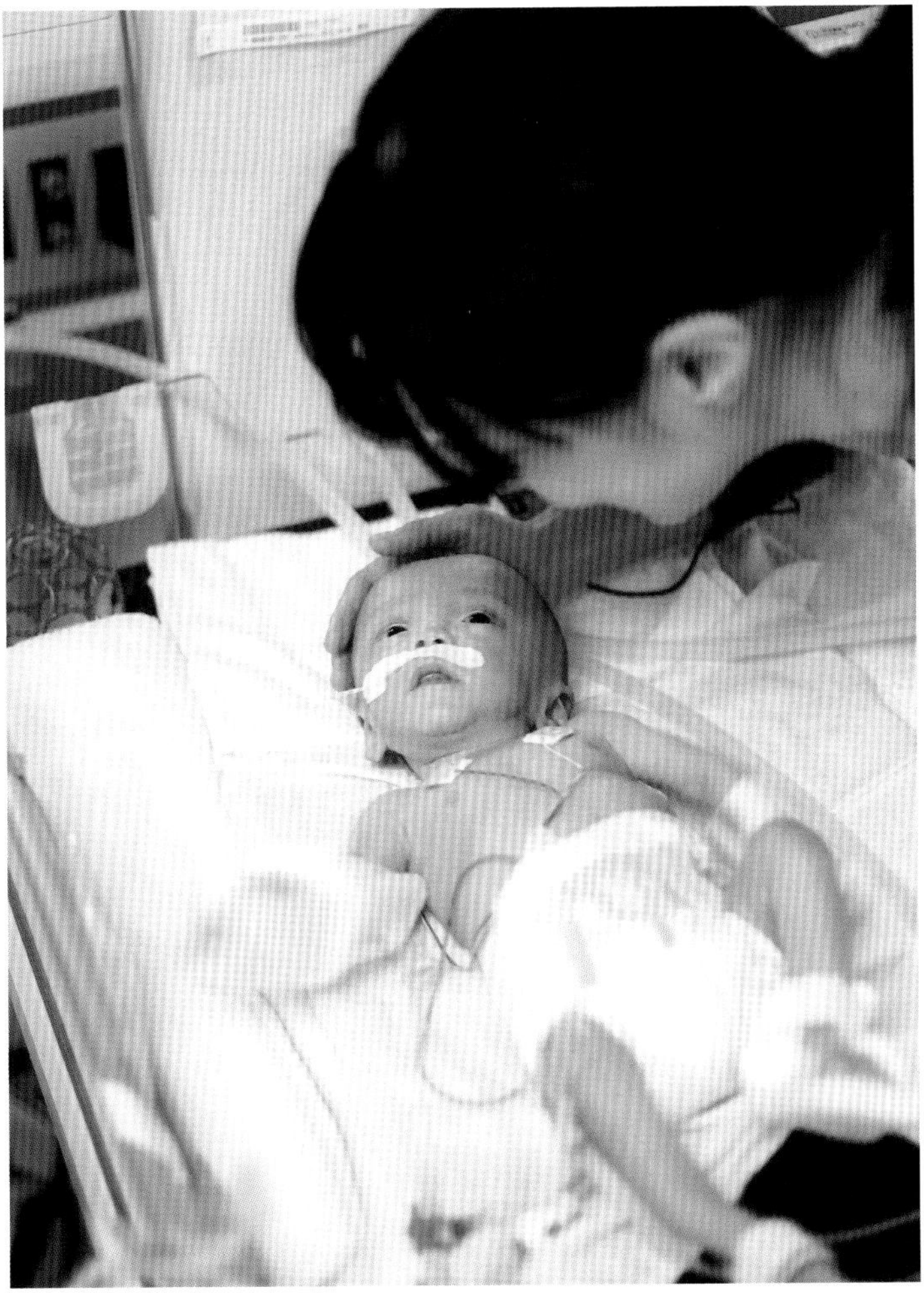

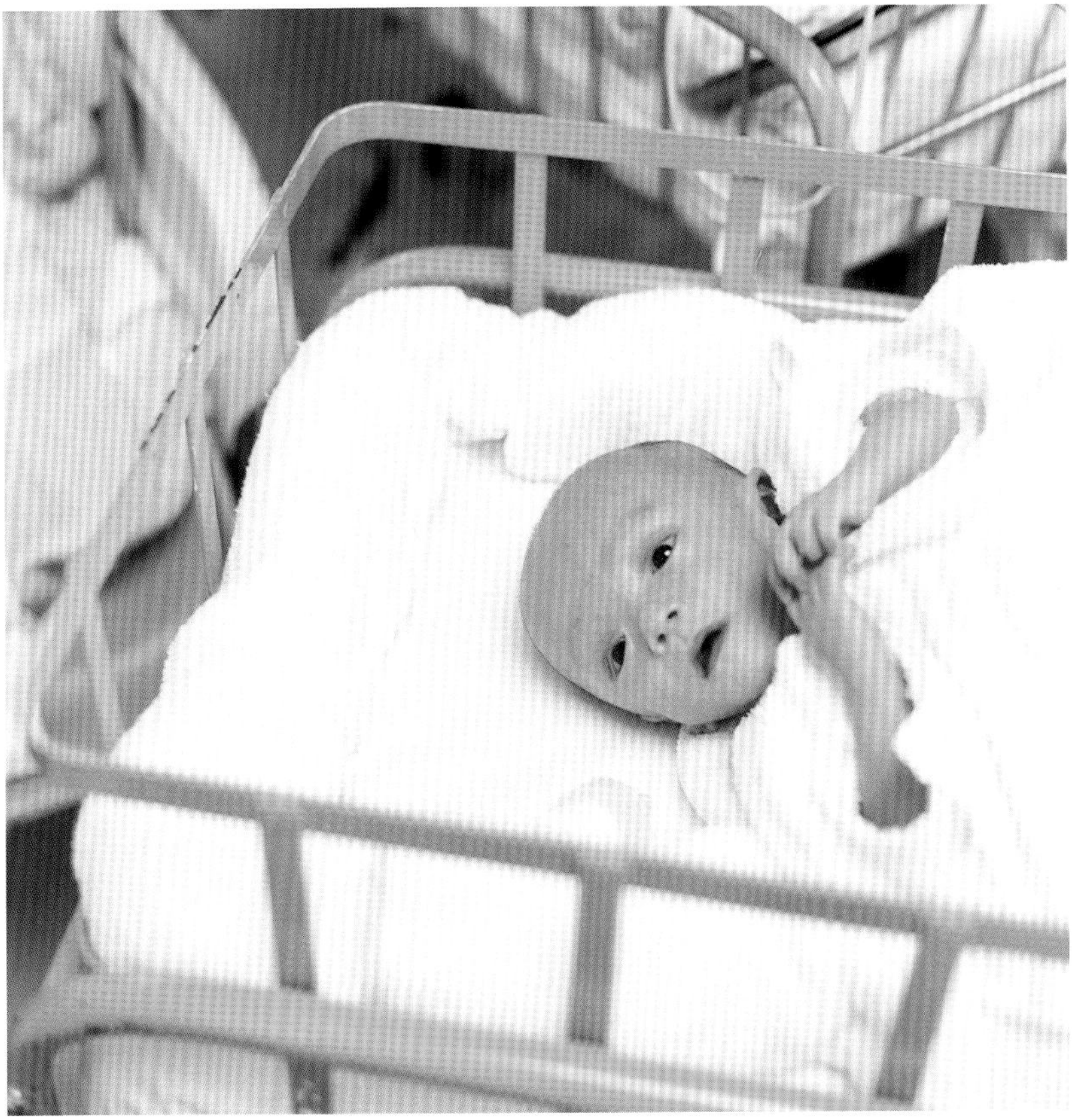

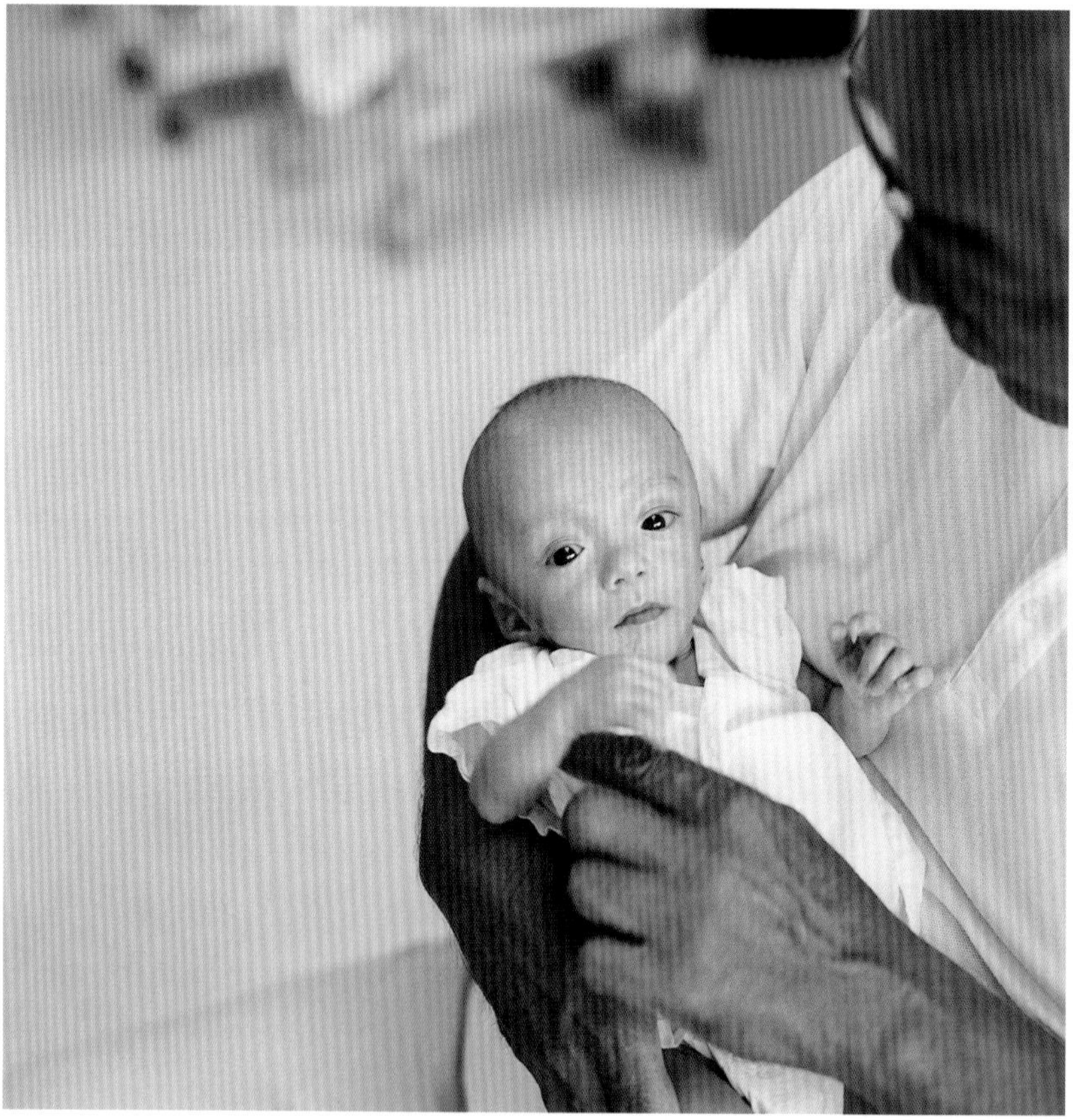

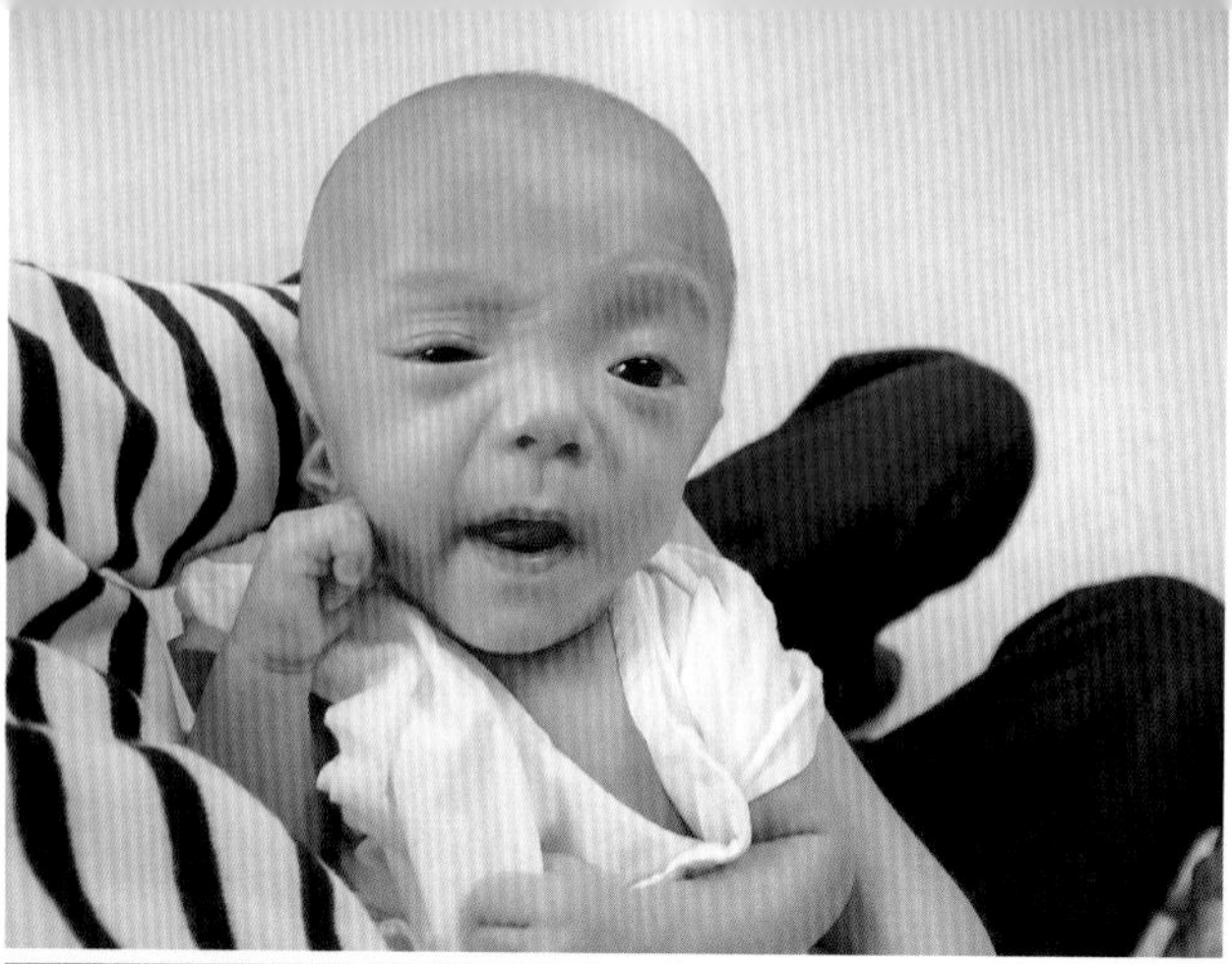

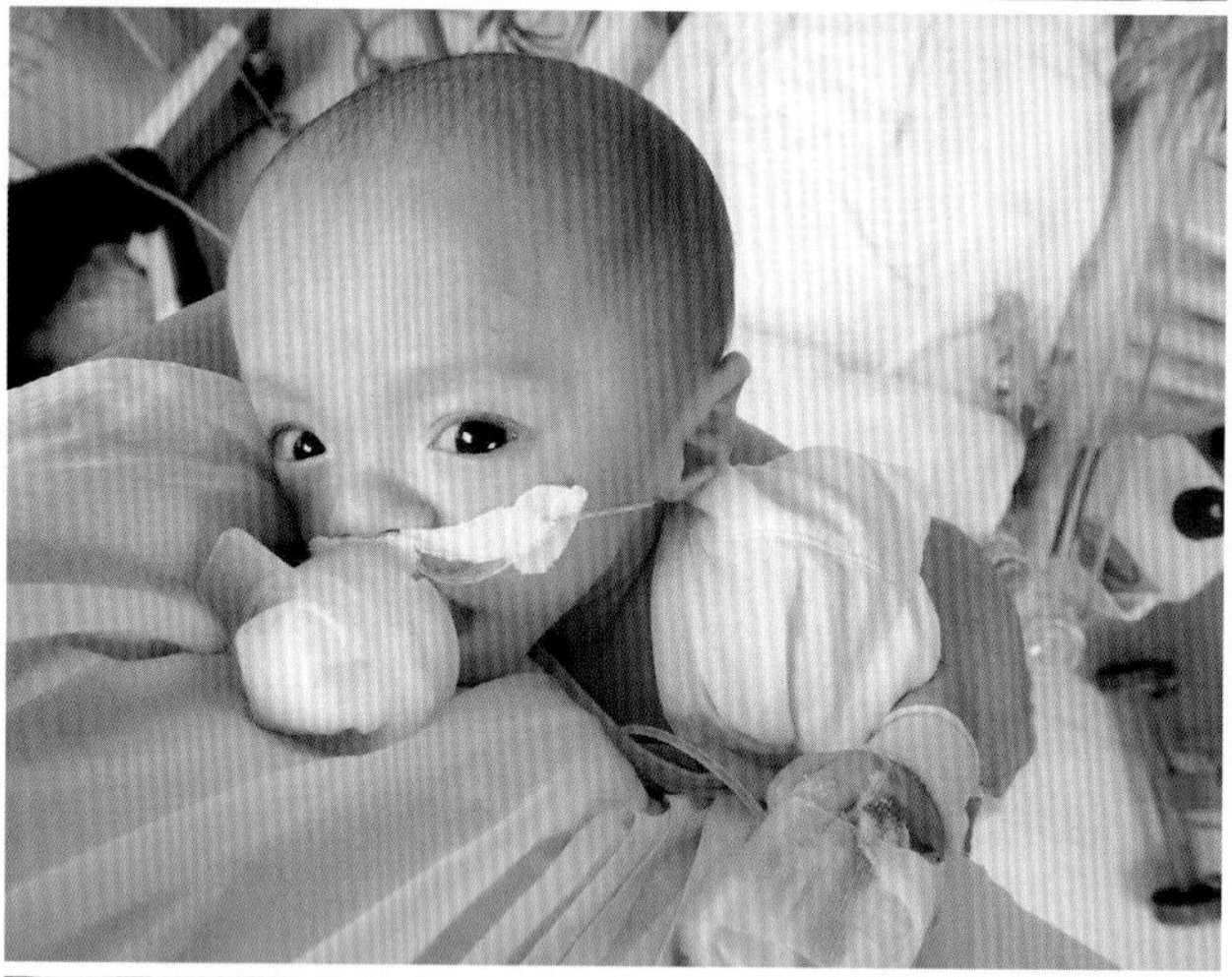

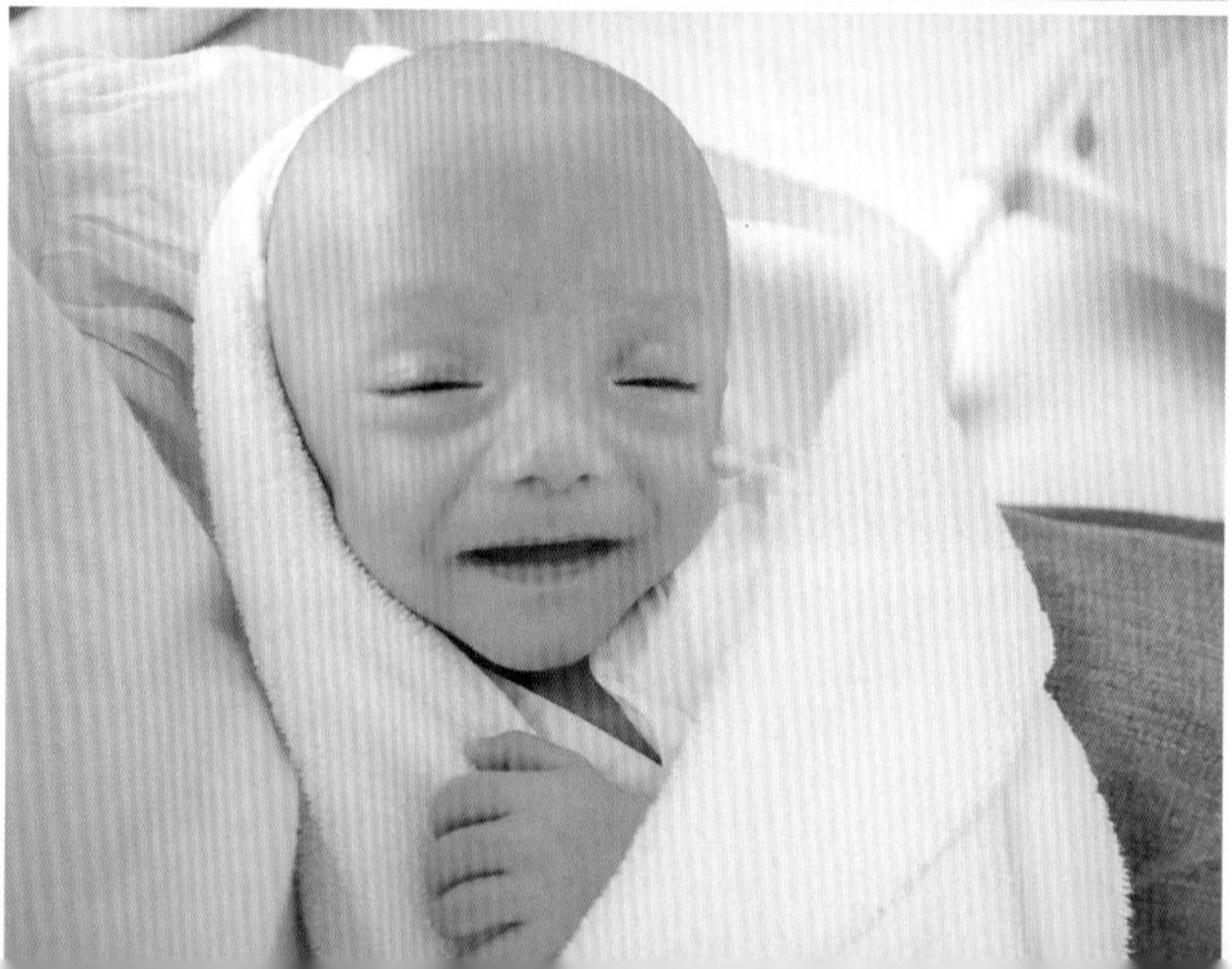

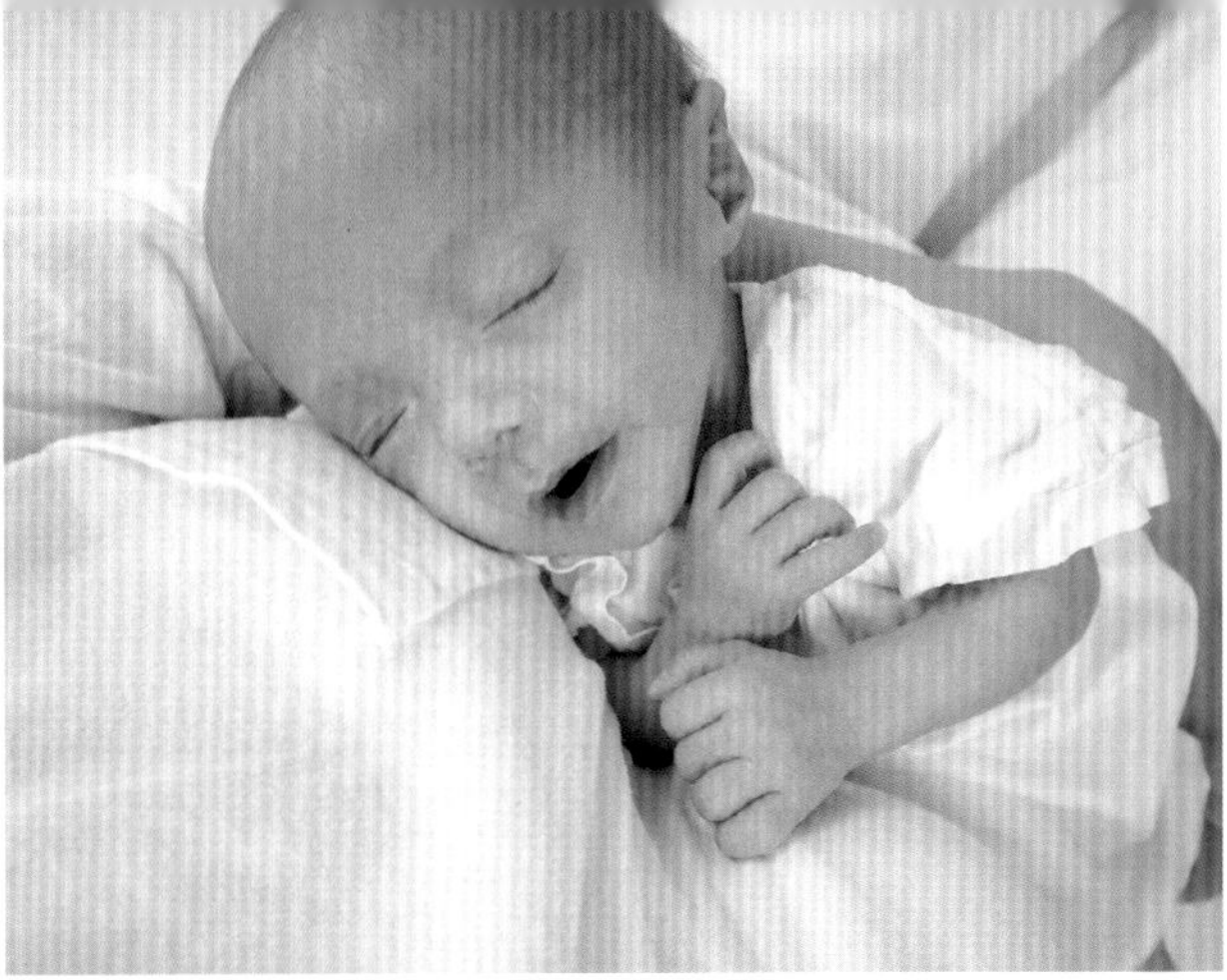

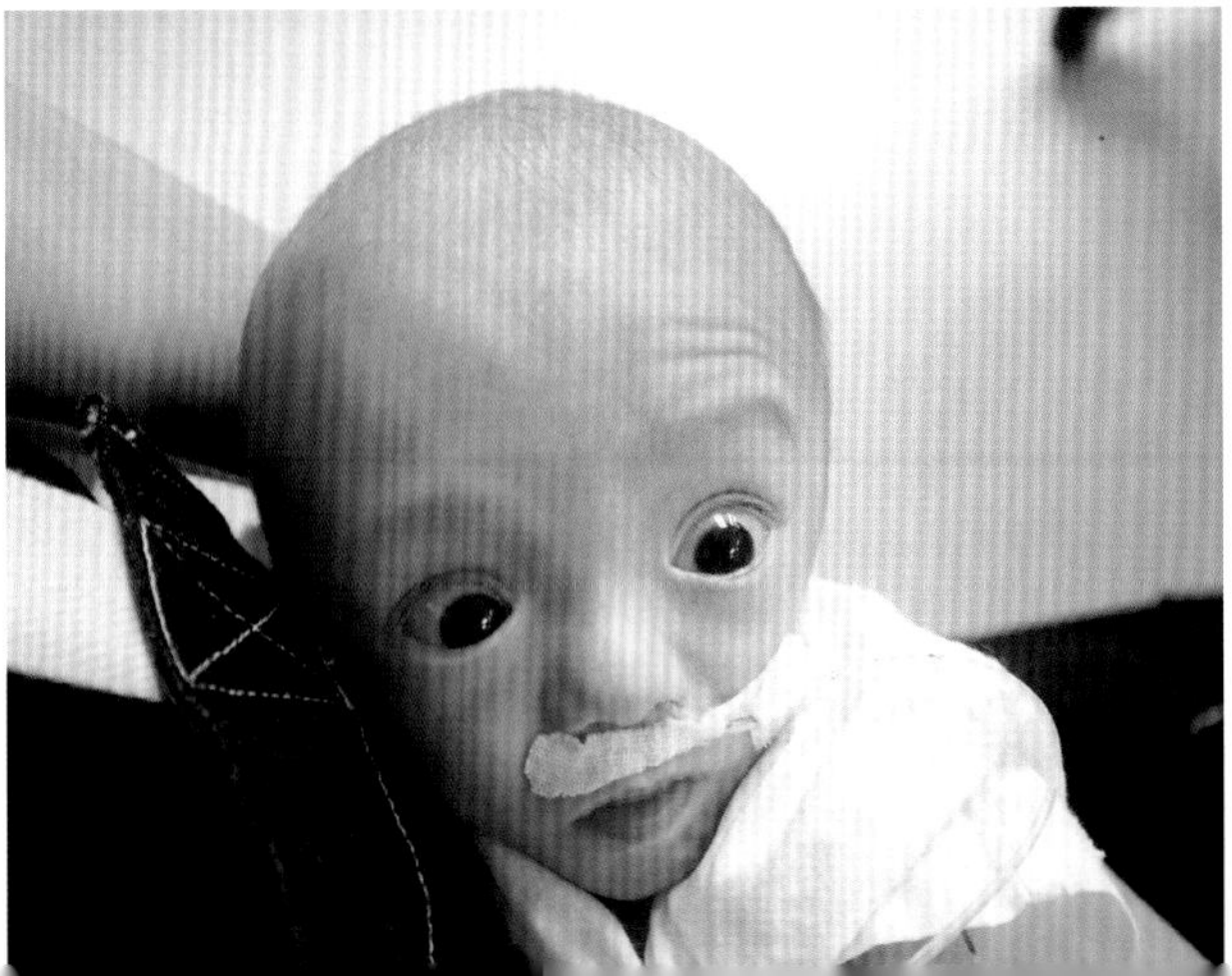

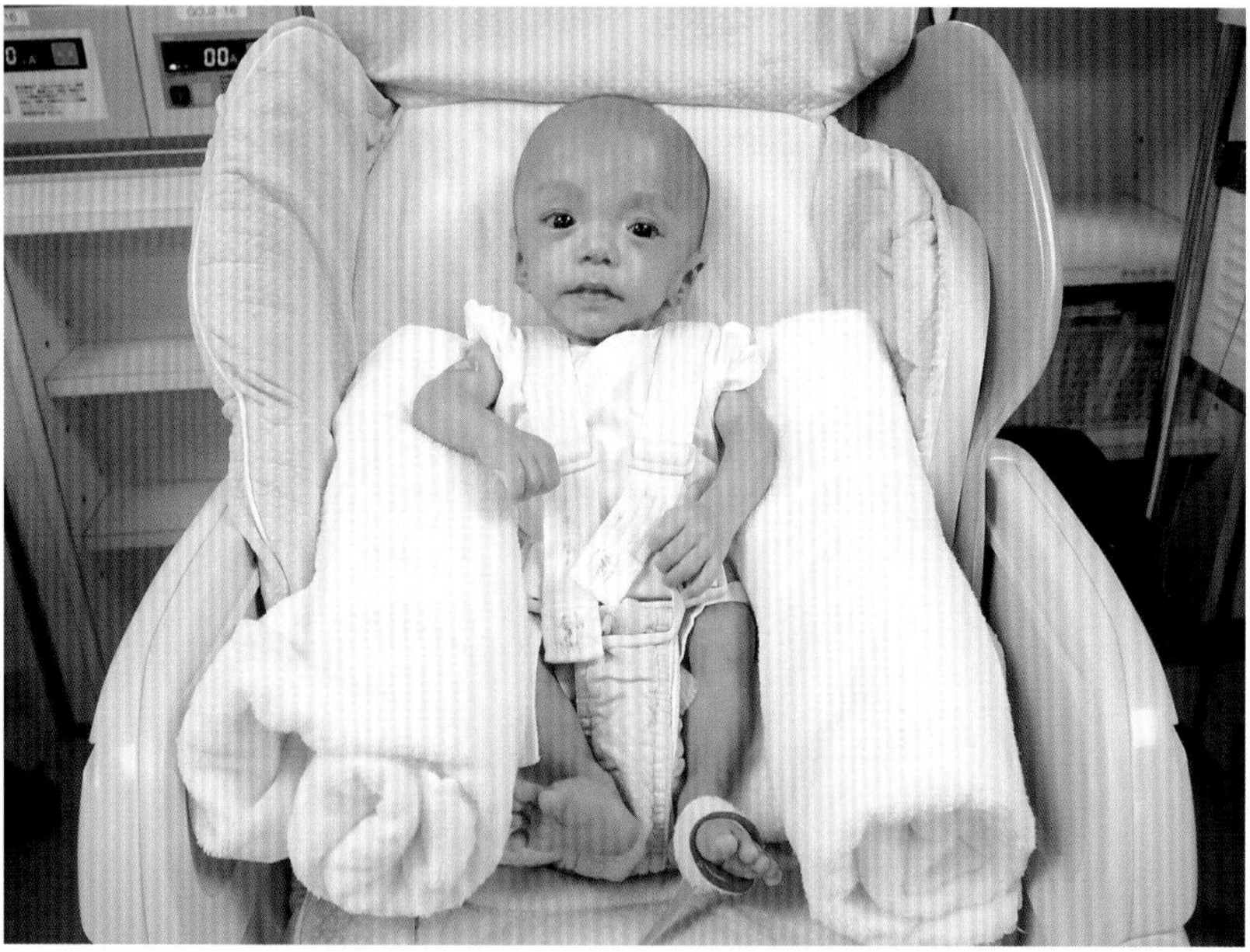

## 5月24日

仕事で昼間は病院に行けず、夜、会いに行った。奏ちゃんはまだ両腕に点滴をしていたけれど、1週間ぶりに抱っこすることができた。

私の腕の中で、大きな目をキョロキョロさせてまわりを見渡したあと、安心したのかうとうとと眠そうにしていた。帰ろうとすると目に涙をためて泣くから、私も悲しくなった。

夜の面会は苦手だ。昼の面会時間は16時までで、いったん外に出される。夜の面会は18時から。午前中から16時までと決めると面会の区切りがつくけれど、18時以降の面会は、いようと思えば朝までいることができるので帰るタイミングを失ってしまう。

離れたくなくて、延々と居座りそうになってしまう。1時間かけて帰って、また朝来るのも面倒になり、どうせまた朝ここに来るんだから、このまま泊まりたいな、と思う。でも現実は家まで1時間の道を帰って、着替え、洗濯をして、ご飯を作って食べて仕事をしなければいけない。

5月25日
――

体重2668g。今日も日中は撮影があったので夜の面会。

仕事で疲れていたけれど、会わないと気持ちがそわそわして家にいても休むことができないから、少しでも病院に行ったほうが落ち着く。

奏ちゃんはいつもみたいに手をさわって遊ぼうとしていた。両手が点滴のテープでぐるぐる巻きになっているから、いつものようには遊べない。すると口を使ってテープをはがそうとしていた。大胆な発想に驚かされた。急に運動能力が発達した気がする。

5月26日
――

身長46・5㎝、胸囲32・8㎝、頭囲35・7㎝。ミルク20㎖を8回。ミルクがたりず、おなかがすいて、ぐずぐずの奏ちゃん。

今までおなかにあったストーマが邪魔で、奏ちゃんとからだをくっつけて抱っこできなかったのに、普通に抱っこできるようになったことに気がついて、手術が終わったことを実感した。

搾乳室で、ほかのお母さんたちと「生きているんだし、何があっても大丈夫」と、産後をふり返った。本当は手術が終わったからといって、すべてが大丈夫になったわけではないし、これからも発達が追いつかないとか知的な障害もあるかもしれない。だけど、今まで奏ちゃんに「大丈夫」と言い聞かせてきたみたいに、自分にも「きっと大丈夫」と言い聞かせた。

## 5月27日

体重2820g。ミルク30㎖を8回。減っていた体重がもどってきた。左手の点滴も取れて、奏ちゃんはさっそく自由になった左手で右手の点滴をいじったり、手をなめたりしていた。

衝撃だったのが、看護師さんに「首がすわっていますよ」と言われたこと。まだ少しぐらぐらしているものの、そういえば最近、縦に抱っこすると首をまっすぐに立ててまわりを見渡していた。うれしいけれど、準備していた首がすわる前の赤ちゃん用の抱っこ紐を使いたかったな、と思った。まさか病院で首がすわるとは考えてもいなかった。

## 5月28日

体重2800g。ミルク35㎖を8回。外科の先生に、「手術前のようにミルクを飲めるだけ飲んで大丈夫です」と言われたけれど、今の新生児科の担当の先生は慎重派なので、少しずつミルクを増やしている。

奏ちゃんはおなかを満たすことができて、寝る時間が少し長くなった。1〜2時間連続で寝ることも増えた。「2時間連続で寝るようになったのは、お兄ちゃんになってきた証拠です」と、看護師さんに言われた。

起きてしまってもおしゃぶりをあげて、抱っこしてお尻をトントンとたたいてあげると、またすぐ寝る。手術の痛みがなくなって、日常にもどってきて安心しているのかもしれない。

## 5月30日

ミルク40mℓを8回。今日で奏ちゃんは7ヵ月になった。おめでとう。

今までもささいな表情の変化を感じていたけれど、最近は笑ったり、泣いたり、驚いた顔をしたり、表情がころころ変わるようになって、見ていておもしろい。

まだ言われていないけれど、手術が終わって退院の日が近づいてきた気がする。

自宅にずっと組み立てないで立て掛けてあったベビーベッドを夫に組み立ててもらって、おもちゃ棚も作ってもらった。チャイルドシートや沐浴用のベビーバスを用意して、肌着やシーツを買って洗濯した。赤ちゃんの洋服が干してある風景は幸せだった。

奏ちゃん、おうちの準備はできたから、早く帰っておいで。

# 2016.6

［生後7ヵ月・修正4ヵ月］

6月1日

体重2816g。ミルク50㎖を8回。奏ちゃんは50㎖も飲めるようになって満足そう。10分もかからずに飲み干してしまった。ゆっくり飲んだほうが満足感がありそうだけれど、当然、そんな言葉はまだ伝わらない。

今日もベビーコットに下ろそうとするといやがって、ずっと抱っこしていた。ほかのお母さんたちからも、「いつも立って抱っこしてますよね！」と言われるくらい、抱っこしている。少しはベビーコットの上で、いっしょにおもちゃで遊んだり、絵本を読んだりしたいんだけどな。そういえば、手術前の奏ちゃんはよく笑ったのに、手術後はほとんど笑わない。まだ点滴が不快なのかな。点滴が取れたらまた笑ってくれるかな。

6月3日

ミルク70㎖。久々に感染症にかかって、発熱でぐったりしていた。顔色も悪く、くちびるが青い。熱が高くて、「ハァハァ」と呼吸が苦しそう。

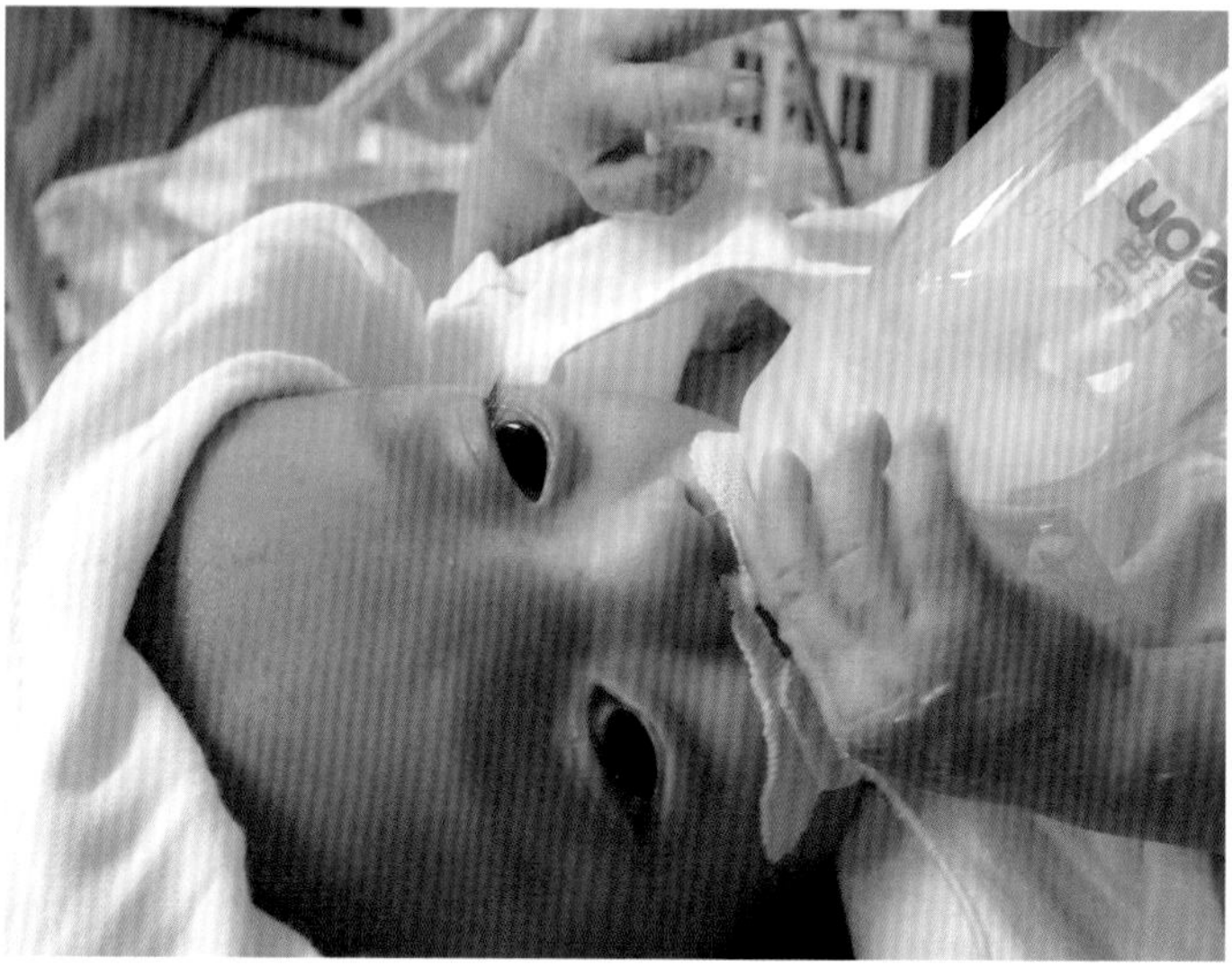

　奏ちゃんのからだの半分くらいの大きさの氷嚢もすぐに温まってしまい、何度も取り替えた。原因ははっきりしていないけれど、可能性としては、今回も点滴の穴から感染したようで、腕の点滴を一度はずして足につけ替えて、抗生剤を入れはじめた。

　午前中は食欲もなかった奏ちゃんだったけれど、昼からは「好きなだけ飲んでいいです」と言われてミルクを70㎖飲んだ。たくさん飲んで、感染症に勝てる体力をつけてくれることを祈るしか私にはできない。

　これでまた退院はのびたかな…。

## 6月4日

まだ熱っぽい。午後には37・3度まで下がったけれど、からだをさわると熱い。からだは熱いのに指先は冷たい。「指先が冷たいときはまだ熱が上がる」と先生が言っていた。奏ちゃんはまだ元気がなくて、ぐずぐずしている。

いつもみたいに「ギャー！」とは泣かずに、少しぐったりしていて、「あうあう」と、うなるように泣いていてかわいそう。早くいつも通り元気になってほしい。

## 6月5日

ミルク60㎖を8回。ミルクは飲んだけれど40分くらいかかった。熱は下がった！昨日よりはずいぶん顔色もいいし、あきらかに元気。熱で脳にダメージが出たらどうしようとかまで考えたけれど、大丈夫そう。そもそも現時点で脳にダメージがあるかどうか、まだわからない。小さく生まれても命が助かっているから、そんなに多く望んではいけないのだろうか。

脳については、特に先生からは何も言われていないけれど、あれだけ小さく生まれたんだから、私はなんらかのダメージがあってもおかしくないと思っている。

## 6月7日

ミルク60㎖を8回。足の点滴が漏れてつけ替え。また手に点滴をすることになった。ミルクは、飲み始めはいやがっていたけれど、なんとか全部飲めた。

私が奏ちゃんに哺乳瓶でミルクをあげていたとき、見舞いに来ていたほかの家族のおばあさんが私の横にささっと近寄って、「赤ちゃんにはやっぱり母乳をあげたほうがいいわよ」と言った。その大きなお世話がとても悲しかった。

奏ちゃんに笑いながら、「いないいないばー」をすると、私を見て笑うようになった。ちゃんとつられて笑っているのかな、ただの偶然かな。つられているならうれしい。

病院帰りに通りかかった店で、奏ちゃんの洋服を見た。7ヵ月だから、一般的には60㎝か70㎝のロンパースだけれど奏ちゃんには大きい。とはいえ、新生児サイズの50㎝だと、紐で結ぶ前開きの肌着が多くて、よく動く奏ちゃんが着るとはだけてしまう。からだの大きさと月齢が合わなくて、どのサイズを買うのが正解なのかわからなくて棚の前で何十分も立ち止まってしまった。

店員さんに話しかけられたけれど、どう説明していいのかわからなかった。自分の子どもの服のサイズも月齢も答えられない、おかしな客だと思われたと思う。

## 6月9日

体重2896g。手に刺していた点滴がまた漏れたので刺し直し。奏ちゃんが点滴の付いている手をさわってばかりいるから…。

今日は私の指をにぎにぎとさわりながら、にこにこしていた。ご機嫌なのに、私の顔が視界からはずれると数秒で泣く。お母さんだとわかっているのかな。

1日の間に、母である私との時間よりも、看護師さんとの時間のほうがあきらかに長いし、私は直接母乳をあげるわけでもなく、沐浴させてあげるわけでもない。限られたときにしか抱っこしてあげられないのに、どうやってお母さんだと理解しているのだろう。それとも、看護師さんを含めた全員をお母さんだと思っているのかな。

## 6月11日

昨日、鼻から胃に通っていた管を抜いた。すっきりした奏ちゃんの顔を見ることができてほっとした。

手に刺していた点滴がまた漏れたので、とりあえずはずすことになった。週明けの血液検査の結果がよかったら、このまま点滴を終了することになった。

今まで裸になるのがいやで、着替えですら泣いて暴れていた奏ちゃんが、今日はおとなしく着替えさせてくれた。もう裸にされても、ストーマのパウチの交換とか、いやなことをされないと理解したみたい。赤ちゃんでもやっぱり理解力はあるんだな。

いつもあお向けで、お尻を見る機会がなかったから、蒙古斑がないことをいまさら知った。アジア人の赤ちゃんはみんなあると勝手に思っていたから、なんだか拍子抜け。

## 6月13日

点滴がはずれてから、好きに指をしゃぶることができてご機嫌。やっぱり今まで点滴や挿管が不快だったんだと思う。いくら赤ちゃんは痛覚が鈍いといっても、点滴が付いていたら、そりゃ不快だったよね。

看護師さんがベビーコットの上に枕を置いて、奏ちゃんのからだを起こして座らせてくれた。奏ちゃんはにこにこして手をさわったり、何かもぞもぞ話したりしていた。まだ言葉になっていないけれど、おしゃべりが上手になった。

保育士さんと工作をした。奏ちゃんの手に糸巻きみたいに、毛糸を軽く巻いて形作ったものを台紙に貼って、かたつむりのからの部分にしてカードを作ってくれた。奏ちゃんは毛糸の手ざわりが気に入ったみたいで、ずっとにぎにぎとさわっていた。

## 6月14日

初めて可動式の小さなベッドになった。ベビーコットは現代的なプラスチックなのに、このベッドは昭和感が残る鉄でできている。見栄えは悪いけれど、ベビーコットよりひとまわり大きいので、お兄さんになった感じがする。

血液検査の結果は良好で、このまま母乳（またはミルク）の量を増やして問題がなければ、退院！「早くて2～3週間で退院できます」と言われた！ようやく退院という言葉が聞けた。うれしいけれど、入院期間があまりにも長くて、病院にいることが日常になっていた。病院に通わない日がくることをまだ想像できない。

奏ちゃんはにこにこしていて、もにょもにょとたくさんおしゃべりしていた。うんちもちゃんと出て、「えらいね！　えらいね！」と、たくさん声に出してほめた。

## 6月16日

寝てばかりではなく、たまに起き上がる練習をしたほうがいいということで、初めてハイローチェアに座らせた。対象月齢の赤ちゃんより大幅にからだが小さい奏ちゃんは、5～6枚のタオルをお尻の下や横に詰めて、からだを支えてシートベルトをした。すると号泣。この世の終わり、もしくは、また手術に連れていかれる、くらいの泣き方だった。

かわいそうに思い、すぐにハイローチェアから下ろした。座れたのは1分くらいだった。奏ちゃんはいろいろわかるようになってきている。これも成長だ。

6月19日

――

体重3070g。自律授乳で母乳とミルクを60〜80㎖。体重が3000gを超えた！　おめでとう！

機嫌がよく、ミルクを一気に飲んだ。よだれの量が増えてきて、口からだらだらと流れるようになった。両手を口に入れてずっと指をなめていた。

看護師さんがハイローチェアに奏ちゃんを座らせようとするとおとなしく座るのに、私には泣いて抱っこを要求する。看護師さんに慣れているからおとなしくなるのか、どうしてなのか、わからない。

6月20日

――

初めての沐浴練習。肌着を脱がせるだけでも緊張した。まだ奏ちゃんの裸をしっかり見たことがなかったことに気がついた。

奏ちゃんは小さくて、くにゃくにゃしていて、骨っぽくがりがりで、からだのどの部分を支えたらいいのか難しかった。しかも、お湯の中で片手で支えなくてはいけない。

落としてしまうんじゃないかと、さらに緊張した。

左手で首と頭を支えて、右手で洗ってあげた。奏ちゃんは、最初はちょっと心配そうな顔でこちらを見ていたけれど、ガーゼでからだを包んであげると落ち着いたようすで、暴れずに沐浴してくれたので助かった。

ストーマをしていたときの沐浴では2～3人の看護師さんに洗われ、からだを大きく動かして暴れていた。当時と今では雲泥の差だ。

沐浴中の奏ちゃんは、いちだんとかわいらしくて、体温を近く感じられる楽しい時間になった。次の沐浴練習の日が待ち遠しい。健康な赤ちゃんを出産した人は、こんなにかわいい沐浴姿を毎日見られるのだから、うらやましいな。

## 6月22日

退院前の最後の大きな検査、頭部のMRI。寝ないと検査ができないので、奏ちゃんは眠くなる薬で眠らされて検査室に連れていかれた。検査が終わっても、うとうとのんびりしているなと思っていたらあまかった。薬が切れてからは、あやしてもあやしても泣いて暴れて、あまりの機嫌の悪さに感染症の心配をして体温を測ったほど。熱はなく、ただの寝ぐずりだったけれど、あわてた。たぶん、薬のせい。

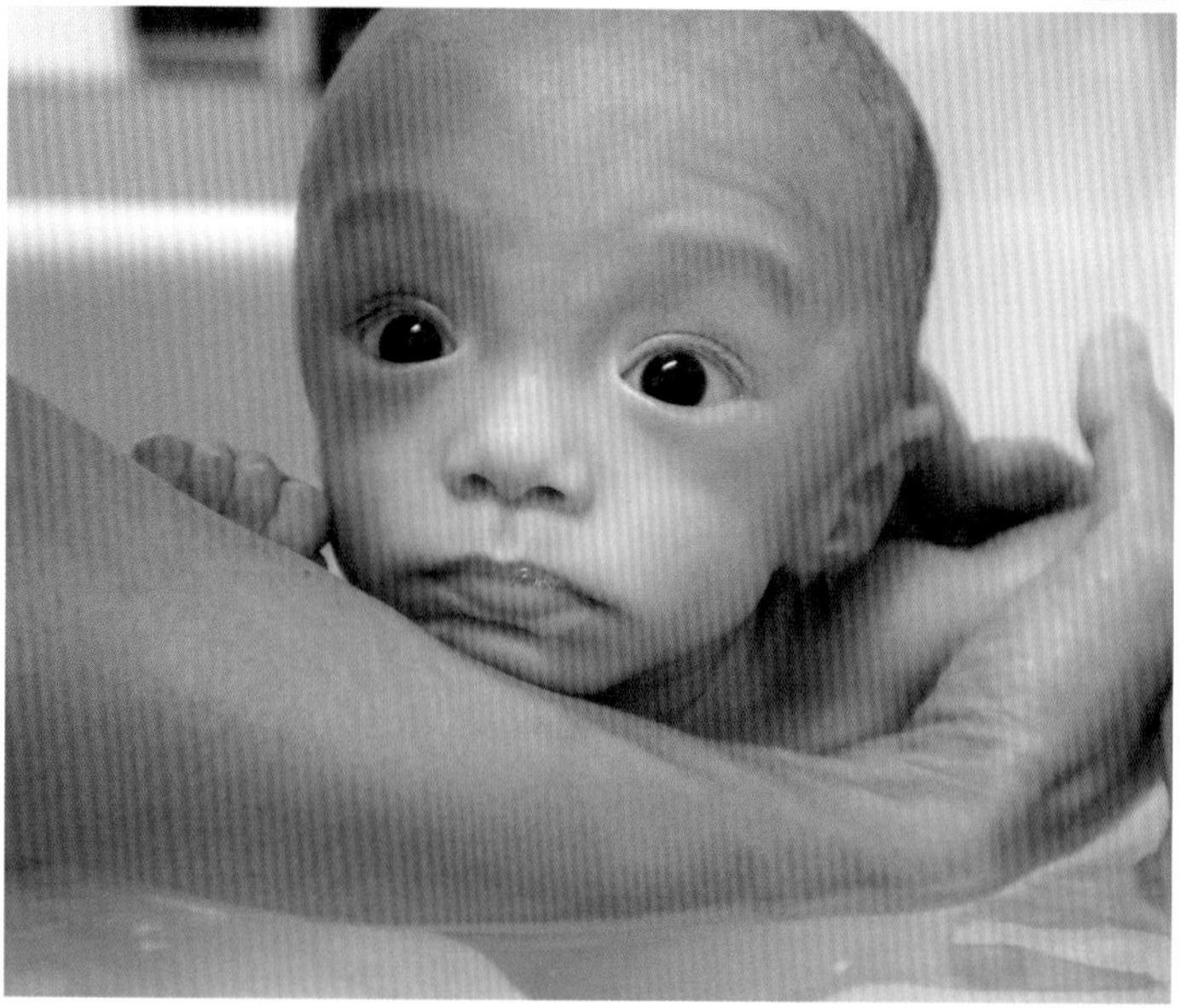

ＭＲＩでは特に大きな異常は見つからなかったけれど、誰も脳についてはくわしく教えてくれない。でも、とりあえず、ほっとした。

## 6月23日

うつ伏せの練習をすることになった。そういえば、奏ちゃんは生まれてから一度もうつ伏せになったことがない。そっとひっくり返して、息ができるように顔を右に傾けて寝かせた。すると、怪訝な表情を見せるものの、しばらくじっと耐えてから足をばたつかせていて、そのもどかしいようすが少しおもしろかった。

体重が３０００gになったとはいえ、肌着からのぞく腕も足も簡単に折れてしまいそうなほど細い。一般的には、このくらいの体重で赤ちゃんは生まれるのだということに気がついて驚く。みんなこんなに大きな子を産んでいるんだな。奏ちゃんは新生児の大きさだけれど、もうすぐ8ヵ月。

今まで面会は祖父母までだったけれど、奏ちゃんの体調もよく、海外に住んでいる友達が来てくれたので初めて窓越しに面会をした。友達が、買ってきてくれた絵本を窓越しに見せてくれて、奏ちゃんは興味津々で絵本を見たり、ちゃんと見たことがなかった窓の向こうに続く廊下をキョロキョロ見渡したりしていた。

奏ちゃんは好奇心が旺盛な気がする。

6月24日

――――

今日もうつ伏せの練習。昨日はできなかったけれど、今日は泣きながらでも頭を少し持ち上げることができた。

看護師さんから初めて「リハビリ」という言葉が出た。私が練習させる程度でいいと言われたので、起きている時間に2回、数分ずつうつ伏せにしてみた。そのあと、奏ちゃんはミルクを飲んで1時間以上ぐっすり寝た。うつ伏せは疲れるのかな。

6月25日

――――

体重3136g。体重が少し減った。

うつ伏せにしたら、頭を少し持ち上げて10秒くらいキープできた。にやっと笑う余裕も見せた。「やればできるじゃん!」とほめまくる。「子どもには大げさにほめるといい」と、どこかで聞いた気がする。

直母の練習を再開。ご機嫌だったのに、いざ抱っこされておっぱいを見た途端、号泣しながら顔を背けて拒否した。手術があって、前回の直母から期間があいて忘れてしまったのかな、もう卒乳なのかな。ちょっと淋しいけれど、数回だけでも直接あげることができたから、これからは哺乳瓶で、ごくごく飲んで大きくなってくれればいい。とはいえ、この病院は完全母乳を目指しているので、看護師さんたちはあきらめていないようす。どうやったら直接飲んでくれるのか、話し合ってくれている。

## 6月27日

体重3216g。全量母乳になった。でもきっと、たりなくなるだろうな。絶やさないように搾乳はしているものの、8ヵ月間しぼりつづけて、もう出なくなっても仕方がないと思う。私は結構がんばったと思う。たりない分はミルクで補ってほしい。

今日は予防接種を4本受けた。本当はロタウイルスのワクチンも打ちたかったけれど、生後3ヵ月くらいまでに初回を打たなくてはいけなくて、もう8ヵ月の奏ちゃんは受けられなかった。予防接種は副作用の心配はあるものの、感染したときのほうが怖いから、受けられるものはすべて受けた。

今まで数々の注射や点滴はしてきたものの、今回がいつもと違ったのは、初めて私が付き添えたこと。今までは、注射や点滴、ほかの医療処置はすべて一度廊下に出されて処置が終わるまで待っていなくてはいけなかった。

でも今日は、奏ちゃんの手足を押さえる役をやった。いっぱい泣いてかわいそうだったけれど、なんだか区の健診に来た普通の親子のような気持ちになってうれしかった。

看護師さんに、「予防接種はGCUの自動ドアを出るための通行手形なんですよ」と言われた。待ちに待った「通行手形」。なんていい響きなんだろうと、心の中で何度もその言葉を反復して味わった。

最後の心臓のエコー検査もあった。相変わらず奏ちゃんは薬を投与してもなかなか寝てくれず、看護師さ

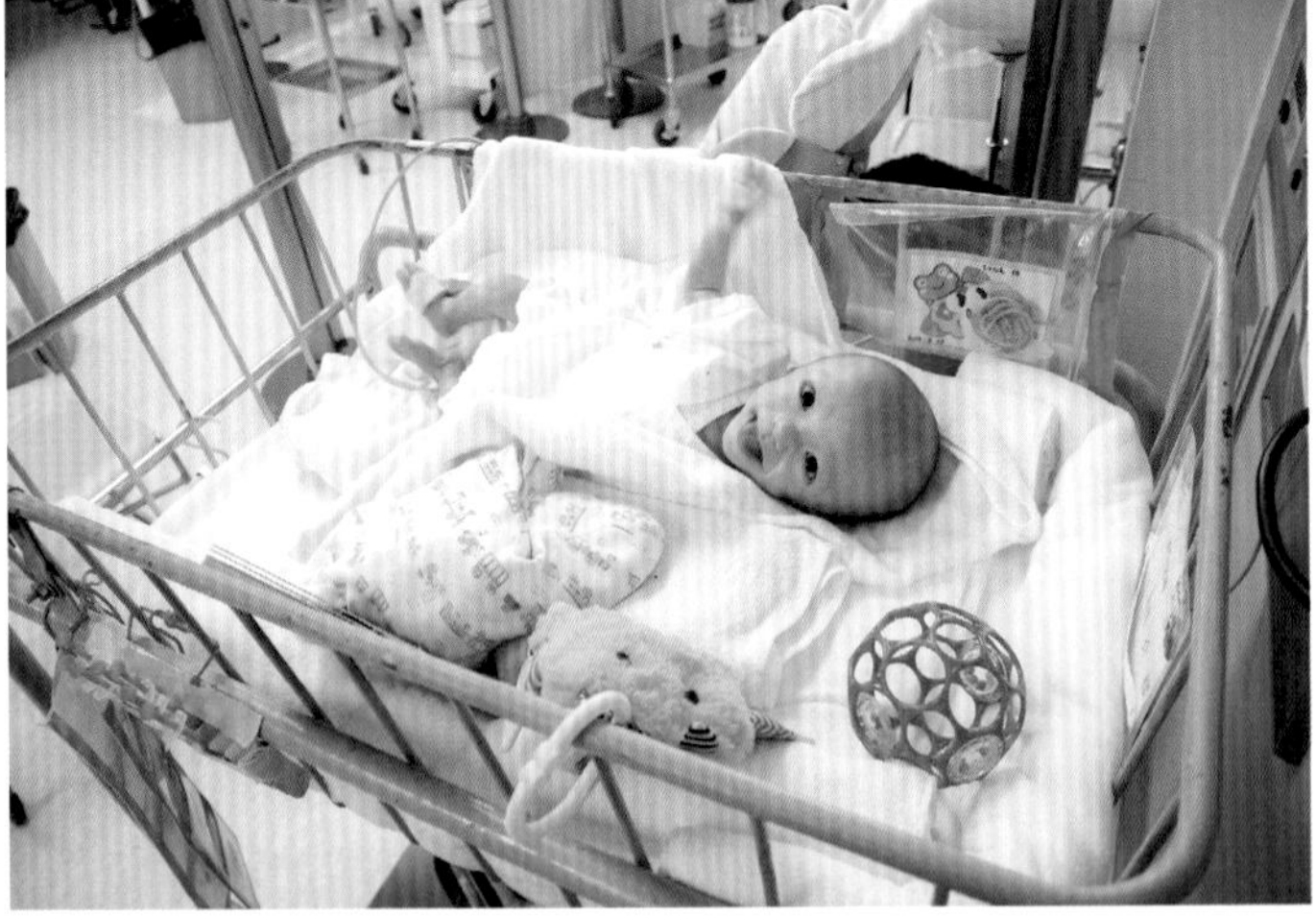

んを手こずらせていた。

## 6月28日

体重3244g。直母の練習は、また号泣で乳首をくわえることすら拒否。なんで泣くのか私も看護師さんもわからない。

看護師さんが何人も入れかわりに来ては、あーでもないこーでもないと、抱き方を変えてみたり、頭を支えて顔を近づけさせようとした。だけど奏ちゃんは、「なんだこんなもん!! 哺乳瓶出せ!!」と言わんばかりに、すごい剣幕でからだを反り返らせて、怒って飲まない。私はもうあきらめているけれど、看護師さんたちはまだあきらめていないようす。

そんな奏ちゃんだけれど、今日は、きらいだったハイローチェアに5分くらい座ることができたので、座ったまま絵本を1冊読んであげた。

奏ちゃんはイラストを目で追う。派手な色が目に飛び込んでくるのか、やっぱり絵本が好きみたい。お気に入りの絵本は『がたんごとん がたんごとん ざぶんざぶん』『ごぶごぶ ごぼごぼ』『しろくまちゃんのほっとけーき』。

赤ちゃんが最初に認識できる色は「白、黒、赤」だとインターネットに書いてあったので、私はなるべくまっ赤なワンピースを着て奏ちゃんに会いに行った。少しでも、私を認識してくれていたら、うれしい。

## 6月29日

GCUに行くと、奏ちゃんのベッドがなかった。悪い予感がした。

奏ちゃんは処置室に連れていかれていて10分ほどで帰ってきた。戻ってきた奏ちゃんの手には、点滴が付けられていた。でも、本人はいたって元気そうだった。

血液検査で炎症の値が上がった原因がわからないので、念のため点滴をしておくと言われた。多分、昨日の予防接種の副反応だと思った。

点滴で入れている抗生剤がせっかく打ったワクチンをやっつけませんように…やっつけてしまうことがあるのだろうか？

これでまた退院がのびたと思う。奏ちゃん、がんばろうね。

## 6月30日

体重3240g、身長51・5㎝、胸囲34・4㎝、頭囲36・5㎝。

今日で奏ちゃんは生後8ヵ月。おめでとう。

昨日の炎症の値は下がったらしい。「やっぱり予防接種の副反応じゃないか！」と言いたかったけれど、念には念を、なのだろう。明日には点滴を取ってもらえるかな。

午前中、私が会いに来る前に、奏ちゃんがハイローチェアに40分くらい座って、まわりを見渡したり、オーボール（樹脂でできた網目状のボール）をにぎって、ひとりで遊んでいられたらしい。やればできるじゃん！

13時のミルクは、哺乳瓶で100㎖も飲めた。

点滴は付いているけれど、奏ちゃんは絶好調！

# 2016.7

［生後8ヵ月・修正5ヵ月］

7月1日——

奏ちゃんのベッドがGCUの窓側の場所に移動した。今日は久しぶりの晴天で、奏ちゃんを抱っこして、初めて外を見せてあげた。

「これが外の世界だよ。バス、見える？　人が歩いているの見えた？　オートバイが通ったよ。木が見える？　奏ちゃんは、こんな場所にいるんだよ」

外が見えると言っても、5階の窓から見えるものは限られていた。けれど、外の景色はすべて、奏ちゃんが初めて見る病室以外の世界。見えるものはなんでも説明してあげた。

ようやくここまで大きくなったと思ったら、なんだか涙が出た。

奏ちゃんの目に、外の世界はどんなふうに映っているのだろう。

## 7月3日

授乳練習ではまったく飲まず、看護師さんの提案で、カンガルーケアのように素肌をふれ合わせて抱っこしてスキンシップを楽しむことになった。初めてカンガルーケアをしたときは、すっぽり胸の間におさまるくらい小さくて細かったのに、今は「赤ちゃんを抱っこしています！」と、胸を張って言えるくらいの大きさに成長して、首もだいたいすわったので抱っこしていても安心感がある。

13時の授乳は結局、哺乳瓶でミルクを飲ませた。そのあとも奏ちゃんは小腹が減っているのか、哺乳瓶に多めに用意しておいた80㎖のミルクを一気飲み。それからぐっすり寝た。母乳でもミルクでもどちらでもいいから、たくさん飲んで大きくなってね。

## 7月4日

ベッドの上の奏ちゃんと遊んでいると、先生がやってきて、「退院が1週間後の月曜日になりました」と告げられた。そろそろだと思っていたけれど、急に1週間後と言われて、そわそわして落ち着いて話が聞けなかった。奏ちゃんは点滴の針を抜いてもらった途端、足を大きくばたつかせて、先生と私のやりとりを聞いていた。話の内容がわかったのか、「退院」と言われると、にこにこと何度もベッドを蹴って、喜んでいた。そのリアクションの大きさに、先生も「わかっているのかな」と笑っていた。

呼吸器の持ち帰りもなく、薬もいつも飲ませているインクレミン（鉄剤）とアルファロール（ビタミンD）の2種類だけ。看護師さんも驚くくらい、とても優秀だ。
でも、病院にいることが日常すぎて、まだ退院する実感がわかない。

7月5日
――

体重3240g。奏ちゃんの退院が決まった途端に忙しくなった。
今日はBCGの予防接種を受けるはずが、入院中最後の眼底検査をすることになった。眼底検査をする小児眼科の先生は毎日いるわけではないので、今日受けなくてはならず、BCGの予防接種もカンガルーケアも延期になった。
眼底検査を待っている合間、初めてリハビリの先生があいさつをしに来てくれた。明日はリハビリのやり方を教えてもらうことになった。

7月6日
――

体重3330g。「退院」という言葉が出てから本当にあわただしい。
今日からリハビリが始まったとはいえ、もうすぐ退院なので3回だけ。床に専用のマットを敷いて、奏ちゃんをうつ伏せに寝かせて頭を上げる練習をしたり、普通の赤ちゃんは股関節がやわらかく脚が開きやすいのに対して、奏ちゃんは股関節がかたいということで、あお向けに寝かせてあぐらをかくように脚を広げて太ももと股関節のあたりを軽く押してあげるストレッチをしたりした。

奏ちゃんはご機嫌で、ちゃんとリハビリを受けてくれた。頭も上がってほめられた。それにしても、もっと早くからリハビリを始められなかったものなのかと思う。

ＢＣＧの予防接種では、注射した部位が服にふれないようにと上半身は裸になった。注射のあとが乾くまでさわらないように、奏ちゃんを抱っこしていないといけなくて、泣いて暴れて大変だった。これでひと通り予防接種は終了。

搾乳室で話していたお母さんたちとも、そろそろお別れが近くなってきた。みんなで励ましあって、笑いあってきたので淋しい。とはいえ、仲よくなったお母さんの赤ちゃんたちはもうほとんど退院して、また違う赤ちゃんが入院してきて、奏ちゃんは、いつの間にか古株になっていた。赤ちゃんなのに「長老」と呼ばれて笑ってしまった。

私が知っている限り、去年から入院しているのは、奏ちゃんとあと２人だけ。その２人のうちの１人で、月齢も出生体重も近い赤ちゃんのお母さんとは、最近になってようやく話せるようになった。心を開いて話しかけてくれるようになってうれしかった。その子の今までの状況や、奏ちゃんが隣のベッドのときに危篤になっていた話をあふれ出すようにしてくれた。今まで、ひとりで抱えこんでいたのだと思う。

その子の体調がまだ悪いなか、先に退院してしまうことは言いづらかった。つらい気持ちが痛いほど伝わってきて、話を聞きながら涙をこらえた。

早くみんな元気になってほしい。

## 7月7日

奏ちゃんのベッドに行くと、また奏ちゃんがいない。サチュレーションもはずれている。あれっ？　とまわりを見渡すと、「こっちですー！」と、奏ちゃんを抱っこしている看護師さんが、部屋の反対側のほかの子のベッドの前にいた。「奏ちゃんが泣いていたので、お友達のところにお散歩に行ってきました！」とにっこり言われた。奏ちゃんも「自由に出歩いてきたぞ！」とでも言いたそうな満足げの表情で、笑ってしまった。

先日、足のネームタグをつけ替えてもらっているときも、「もう奏ちゃんは顔パスだから誰も間違えないけどね」と看護師さんが笑っていた。

保育士さんが、手作りの色紙の人形飾りが付いた短冊を作ってくれた。何十人分もあるから、とても大変だったはず。ありがたかった。

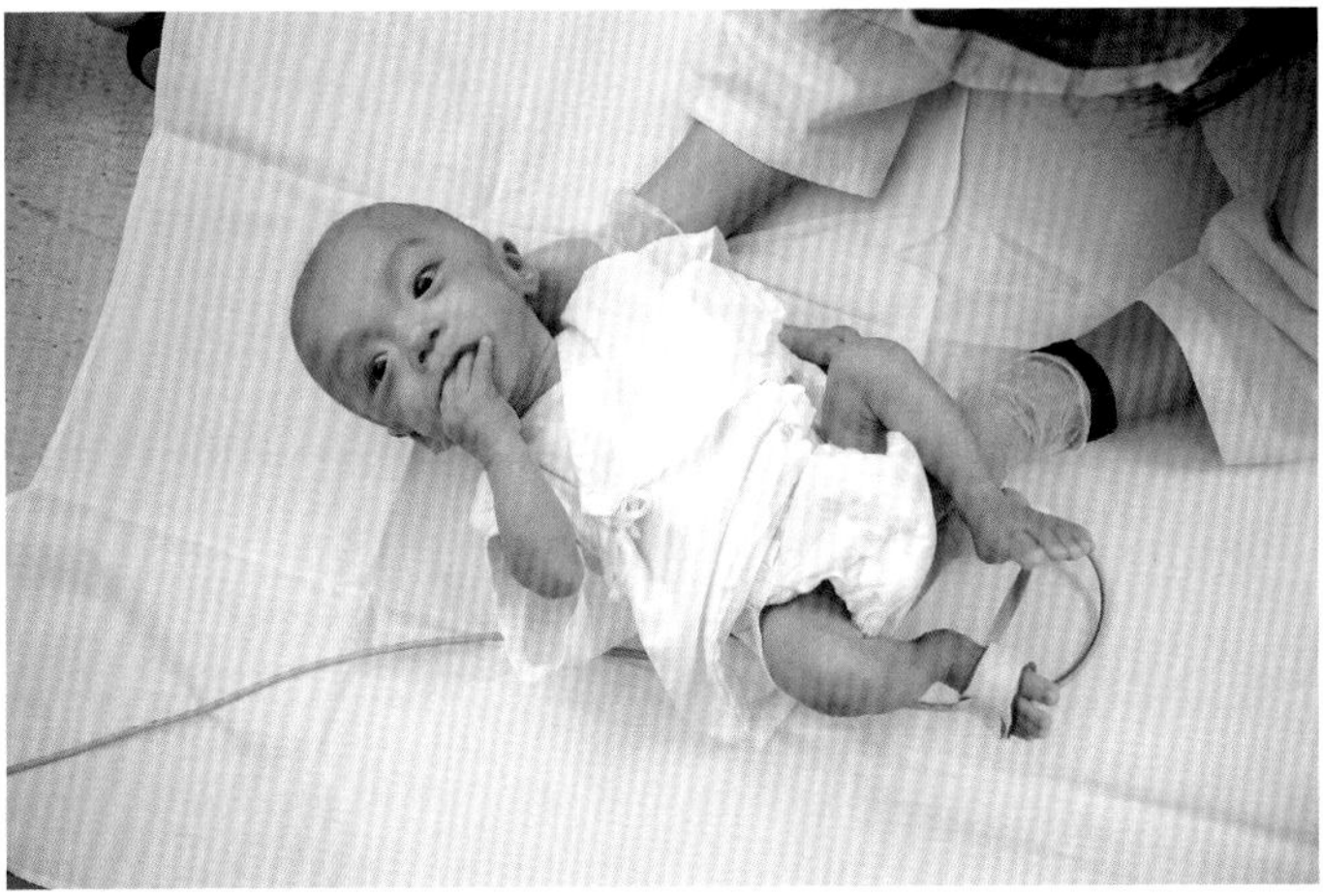

入院したときはハロウィンだった。クリスマス、お正月、節分、ひな祭り、お花見、端午の節句、梅雨の紫陽花、そして七夕。保育士さんは、季節ごとに保育園みたいにかわいい飾りを作ってくれた。
入り口にクリスマスツリーを飾っても、赤ちゃんは見に行けないからと、保育器まで持ち運べる飾りを用意して、持ってきてくれたりもした。保育士さんにもとてもお世話になった。
まさか七夕までいることになるとは想像していなかったけれど、もう少しで年間行事制覇だったな。
退院に向けて、看護師さんが「奏介くんの夜のようす♡」と書かれた紙をくれた。左端に時間軸、その横に授乳量、オムツを替えた時間。そして「なかなか眠れず、ぐずぐずしていた」「急に起きて泣いて、ミルクを飲んで背中をトントンしていたら、ぐっすり眠れた」などと書かれていた。

私の知らない夜の奏ちゃんが知れてうれしかった。今まで看護師さんたちがやってくれていた夜間のお世話を、これからは私が自宅でちゃんとできるのか、と少し緊張した。

## 7月8日

体重3400g。ミルクを飲んで、うんちもたっぷりした直後にリハビリの先生が来てくれたので、奏ちゃんは機嫌よくリハビリを受けてくれた。

あお向けに寝っ転がって、お尻を少し持ちあげて腹筋の練習をした。奏ちゃんは長い間、ストーマが付いていたから、腹筋が弱いらしい。

リハビリ中、ずっと口に指を入れている。しかも4～5本入れるのに夢中な奏ちゃんは、よだれで肌着がすぐにビッチョビチョになる。一般的にこの月齢は、離乳食が始まっている時期なのだろう。

病院のソーシャルワーカーさんとの面談があった。区の子育て支援センターのパンフレットなどをひととおりいただいた。ずっと気になっていた、小学校を1学年遅らせて入学することはできるのかを聞いたら、「義務教育だからできません」とあっさり言われた。

夫は「学年を落とした場合、クラスにひとりだけ誕生年が違うということでいじめられる可能性があるかもしれないから、学年を下げたくない」と言っていたが、私はそうは思わなかった。自分の発達に合った学年で授業を受けたほうが、みんなよりできないことが多くて負い目を感じるよりも、のびのび自信をもって育つのではないかと思う。

何ヵ月も前から考えていたことだったが、「義務教育」という言葉でばっさり切られてしまった。帰国子女の友達たちにそのことを話すと、イギリスやニュージーランドは自分に合った学年を選べるらしい。1年くらい遅く入学したっていいじゃないか。勉強が理解できなかったら同じ学年を2回受けたっていいじゃないか。2015年生まれと2016年生まれ、そんな数字はどちらだっていいのに。

## 7月10日

いよいよ明日退院。考えるだけで、そわそわして落ち着かない。毎日病院に片道約1時間かけて通って、それはもう私にとって学校や会社に通うみたいに日常になっていた。

明後日から通わなくなるなんて、想像ができない。それに、毎日会っていた看護師さんたちに会えないと思うと、なんだか淋しい。

今日で会えるのが最後の看護師さんが、夜勤明けで疲れているはずなのにあいさつをしに来てくれた。「奏ちゃんの泣き声が聞こえなくなるのは淋しいです」と言ってくれて、最後に抱っこしてくれた。奏ちゃんは看護師さんの腕の中で、ずっとにこにこほほえんでいた。

奏ちゃん、たくさんの人にお世話になったね。感謝しないといけないね。

## 7月11日

退院の日。暑すぎるくらいの晴天。いつのまにか季節は夏になっていた。

いつもより少し早く9時過ぎに、夫と車で迎えに行った。車内には、ちゃんとチャイルドシートをつけて。

毎日通ったGCUが、一歩入るとふわっと明るく、いつもとは違う空気に感じる。今までは手術の説明を

聞くときに入っていた面談室で、先生と退院前の面談があった。

1歳までは月1回のペースでフォローアップに通うことになった。「早産の子は発達障害の子が多い。特に奏ちゃんは、かんしゃく持ちだから、将来はそういうこともあるかもしれません」と言われた。

また障害の話だ。考えはじめると、永遠に終わりの見えない深い穴に吸い込まれてしまう気持ちになる。でも、今はここまで生きられたのだから、考えるのはひとまずやめる。そして、先生が言っていたのは、「病院は病気を治す場所としては最適だけれど、発達を考えると最適な場所ではない」ということ。赤ちゃんは、たくさんのものを見て、ふれて、感じて、たくさんの人に抱っこされて、発達していくということ。私は奏ちゃんにもっと広い世界を見せてあげたい。世界はこの病室の中だけじゃない。

看護師さんからは「何かあったら、卒業生の特権として、GCUに直接電話して聞いていいからね！」と言われた。そのやさしさに感謝した。

面談が終わると、奏ちゃんを肌着から持参した洋服に着替えさせた。よく産後の退院といえば、白いレースのドレスだけれど、着るには月齢がたちすぎていた。洋服のサイズは新生児用だけれど、もう首はすわっているし、今ドレスを着せたら、腹話術の人形みたいになるんじゃないかと思ったので、シンプルな白い襟付きロンパースにした。

いつもどおり、にこにこしながらこちらを見ている奏ちゃんの肌着をそっと脱がせて、ロンパースを着せた。いちばん小さい50㎝サイズだけれど、ぶかぶかだった。病院から支給された肌着以外を身に着けているのを初めて見て、なんだか違和感を覚えた。

看護師さんからは、「白い洋服に着替えてもそんなに変わらないね」と言われたけれど、私にとっては、同じ白い服でもボタンと襟が付いている、ただそれだけで別人かと思うくらい違う印象だった。

前日に作っておいた黄色いフエルトの王冠を被せて、準備は万全。最後に看護師さんが、奏ちゃんの足についていたネームタグをはさみで切ってくれた。

ＧＣＵの入り口まで、奏ちゃんを寝かせたベッドを押していく。看護師さん、ほかのお母さんたちみんなが「おめでとう」と笑顔で見送ってくれた。私は入院中のいろいろな出来事を思い出して、涙をこらえるのに必死だった。

ひとつ目の自動ドアまでベッドのまま進む。先生も見送りに来てくれた。先生に抱っこしてもらって、最後に「お世話になりました」と、お別れを言った。先生が、今まで見たことがないくらいうれしそうに笑ってくれていた。

廊下に出る前に、奏ちゃんを抱き上げた。ＧＣＵとも、奥に見えるＮＩＣＵとも、ここでお別れ。みんなが「バイバイ！」と言ってくれるたびに、奏ちゃんは辺りを見まわしていた。

ＧＣＵから一般病棟へつながる廊下への自動ドアを初めて出るとき、奏ちゃんは、「あれ!?　ここ、出られるの？　出ていいの？」とでも言っているみたいに、大きな目を見開いて、じっと自動ドアを見つめた。奏ちゃんのあまりの驚きように、先生、看護師さん、毎日会っていた受付の人も、みんなが大爆笑した。こんなふうににぎやかに笑顔で退院できるものなのかと思うくらい、みんなでたくさん笑った。

バイバイ、ＧＣＵ
バイバイ、ＮＩＣＵ
バイバイ、みんな

最後に受け取った退院証明書には「入院日数　２５６日」と記載されていた。

廊下から先のすべてが、奏ちゃんにとっては未知の世界だった。今までいたGCUの部屋が、こんなに長い廊下につながっているなんて知らなかっただろう。

廊下に並ぶソファは、奏ちゃんが手術や処置をされているとき、奏ちゃんに会えない時間、いつも私が待っていた場所だということももちろん知らない。「エレベーター」という動く不思議な部屋に入ったときは、少し怖かったかもしれない。

1階に着くと、奏ちゃんが今まで見たことがなかったたくさんの人が行き来していた。すれ違う人、天井、まわりをこれでもかというくらい、奏ちゃんは目を見開いて見ていた。お会計を待っていると、今日が私たちにとって特別な日だとも知らないおばさんが、「かわいいわね」と声をかけてくれた。

支払いをすませ、外の世界とつながっている自動ドアが開くと、空は青く、照りつける夏の日差しがまぶしくて、奏ちゃんは目を開けていられなかった。

初めての太陽の光は、蛍光灯の何十倍も、何百倍も明るかったのだろう。初めての外の世界に何を感じたのだろう。少し怖かったかな。それとも、わくわくしたかな。

奏ちゃん、256日間、おつかれさまでした。よくがんばりました。

まだ乗り越えなくてはいけない手術もあるし、これからほかにも問題が起きるかもしれない。それでも奏ちゃんだったら乗り越えられると信じています。お母さんは、奏ちゃんといっしょに家に帰れるなんて、まだ信じられないよ。間違えて、明日も病院に来てしまいそうだよ。

君に、生きる強さを教えてもらったよ。

ありがとう。

# 外の世界

退院してわが家に帰ってきた奏ちゃんは、何もかもがめずらしいといったようすで、大きな目をさらに大きくまん丸くして、まわりを見渡していた。今まで真っ白な世界だったのに、突然、色があふれる世界にやってきた奏ちゃん。

わが家に奏ちゃんがいることに違和感があるというか、不思議で仕方がない。隣に寝転んでみたり、用意していたぬいぐるみやおもちゃ、絵本、部屋中のものを紹介してみたり、鏡を使って他者と自分を教えるといいとかなんとか本で読んだことを思い出して、姿見の前で自分と奏ちゃんを見せてみたりした。

奏ちゃんの目にはどんなふうに映っているのだろう。病院で、シューシューピッピーと鳴っていた機械音が聞こえなくなって、静かに感じているのだろうか。洪水のように急に、初めて見るものや色があふれ出して迫ってくる感じなのだろうか。世の中はこんなにも、いや、もっと素敵なものや色であふれているんだよ、と伝えたかった。

まだ夏は始まったばかりで、今年は特に暑く感じる。急に外に連れ出すのは心配ではあるけれど、もっと新しい刺激を与えたくて、夕方、少し日差しが和らいだころに近所を散歩するのが日課になった。

友達からおさがりでもらった、新生児から使える抱っこ紐で抱っこすると、顔がかろうじて見えるくらいで、小さなからだはすっぽりおさまってしまった。抱っこ紐の両わきからは、細くて小さな手と足がぴょんと飛び出している。

百日紅《さるすべり》のピンク色がまぶしいくらいきれいだった。「奏ちゃん、これがお花だよ。ピンク色だよ」と話しかけると、奏ちゃんはまぶしそうに目を細めて花を見た。病院の先生から、いろいろな経験が発達につながると聞いていたから、なるべくたくさんのものを見せて経験させたかった。花や葉っぱ、触感の違うものをさわらせてみた。

奏ちゃんにたくさん話しかけた。話しだすのもきっとほかの子よりも遅くなるだろうけれど、保育器の中にいたときのように話しかければ、それはいつか言葉になると信じていた。

「お花、きれいだね。ピンクだね。今は夏だよ。暑いね。病院はいつも涼しかったね」

奏ちゃんは外に出ると、いつもにこにこしていた。

散歩をしていると、知らない人によく話しかけられた。ひとりのおばさんが「かわいいわね。何ヵ月？　２ヵ月くらい？　母乳で育ててる？　母乳のほうが絶対いいわよ」と言った。

本当に大きなお世話だ。私がどれだけ直母で授乳したかったか話したかった。母乳だろうがミルクだろうが、薬だろうがオメガベンだろうが、奏ちゃんが元気に育ってくれるなら、それでよかった。


1歳4ヵ月になるころ、フォローアップと、シナジス（RSウイルスの予防接種）のために病院に行ったとき、待合室で奏ちゃんがつかまり立ちをしながらおもちゃで遊んでいると、「おい！　見てみろよ、あの子！　２ヵ月くらいなのにもう立ってるぞ！」というおじさんの声が聞こえてきた。

「発達が早いんじゃなくて、からだが小さいんですよ！　２ヵ月で立てたら逆におかしいから！　２ヵ月って首がすわるかすわらないかくらいだから!!」と、心の中で叫んだ。笑わずにはいられなかった。


何ヵ月かなんて関係ない。

奏ちゃんは今、外の世界を満喫している。

# 発達・障害・未来

「早産児は発達障害になる確率が普通より高いです」

ほかの子よりも、よく泣いて暴れた奏ちゃんは、そう言われた。

退院前、先生との面談でそう言われてから、ときどき「発達障害」という言葉が頭をよぎるようになった。「障害」とつくのがよくないのかもしれない。

「私が早く産んだから、脳に障害が残ったんだ」

そう思った。でも一方で、「3歳か、就学する歳くらいまではわからない」と言われた言葉を繰り返し思い出した。まだ「わからない」ことを、かすかな希望にしていた。

奏ちゃんがちょっと暴れたら「多動症かもしれない」と思い、自閉症の子がよくするという仕草のクレーン現象や、つま先立ち歩きをしているか、声をかけてもふりむかないか、目が合わないことがないかなど、注意深く、何度も違う方向から名前を呼んだりして確かめた。

もしも発達障害があったとしても、少しでも緩和できないだろうかと考えていたとき、ダウン症の娘を育てる友達にすすめられた発達専門外来の小児科に行ってみることにした。今思うと、まだ11ヵ月だった奏ちゃんは受診したのが早すぎるくらい小さく、そんな赤ちゃんに障害があるかないかなんて、見分けることは難しかった。

そのときの先生との面談も、「障害の有無は、3歳から就学くらいでわかるので、まだなんとも言えません」というものだった。でも、早く始めるのが悪いわけではないということで、月に1回1時間、作業療法士の先生に指導してもらうことになった。

ビタミンカラーのカラフルな遊具がいくつも置かれている部屋で、奏ちゃんをトランポリンに乗せて軽く揺らしてあげたり、ブランコに座らせてあげたり、ボルダリングの壁でつかまり立ちをしてみたり、先生がマットで作ってくれたすべり台をハイハイをして登ったり、すべったりした。私が「離乳食をほぼ食べてくれない」と相談したら、離乳食を食べる練習もさせてくれた。それでも奏ちゃんはほとんど食べなかったけれど。

発達専門外来は、いつもただ遊んでいるようなものだった。児童館に行くのとそう変わらない気もしたけれど、奏ちゃんが生まれた病院で月1回行うフォローアップのときにその話をすると、「通うのは悪いことじゃないし、いいと思う。賛成だけど、成果がすごく出るものではないから、塾とか習いごとだと思って」と言われ、少し肩の力が抜けた。そっか、ちょっと早く体操教室に通いはじめたようなものなのかと思った。

無事歩き出せるようになったとき、発達専門外来は一度卒業となり、「次は、言葉が出るのが遅くなると思うから、話し出すのが遅かったらまた来てください」と言われ、まさにそのとおりになった。


奏ちゃんが話し出すのはとても遅かった。

超低出生体重児は口の筋肉が弱く、発音するのが難しいらしい。筋肉の発達が遅いので、3歳くらいまではよだれも多かった。いつかは話せるようになるだろうと思いつつも、まわりの子が今日は誰と遊んだとか、何がおいしかったとか、お母さんに報告しているなか、何を聞いても、たいてい「ブーブ」と答える奏ちゃんがもどかしかった。

奏ちゃんは、ママ、パパ、パン、ブーブなど数単語しか話せなかったけれど、2018年11月、3歳1ヵ月のとき、りんごを切ってあげると、「アポーおいしい」と言った。なぜか照れくさそうに笑いながらこちらを見る奏ちゃんに、「奏ちゃん！　そうだよ！　アップルおいしいね！」と私は繰り返し言った。

そのりんごは知人の果樹園で奏ちゃんと摘んだものだった。私は奏ちゃんにはなるべ

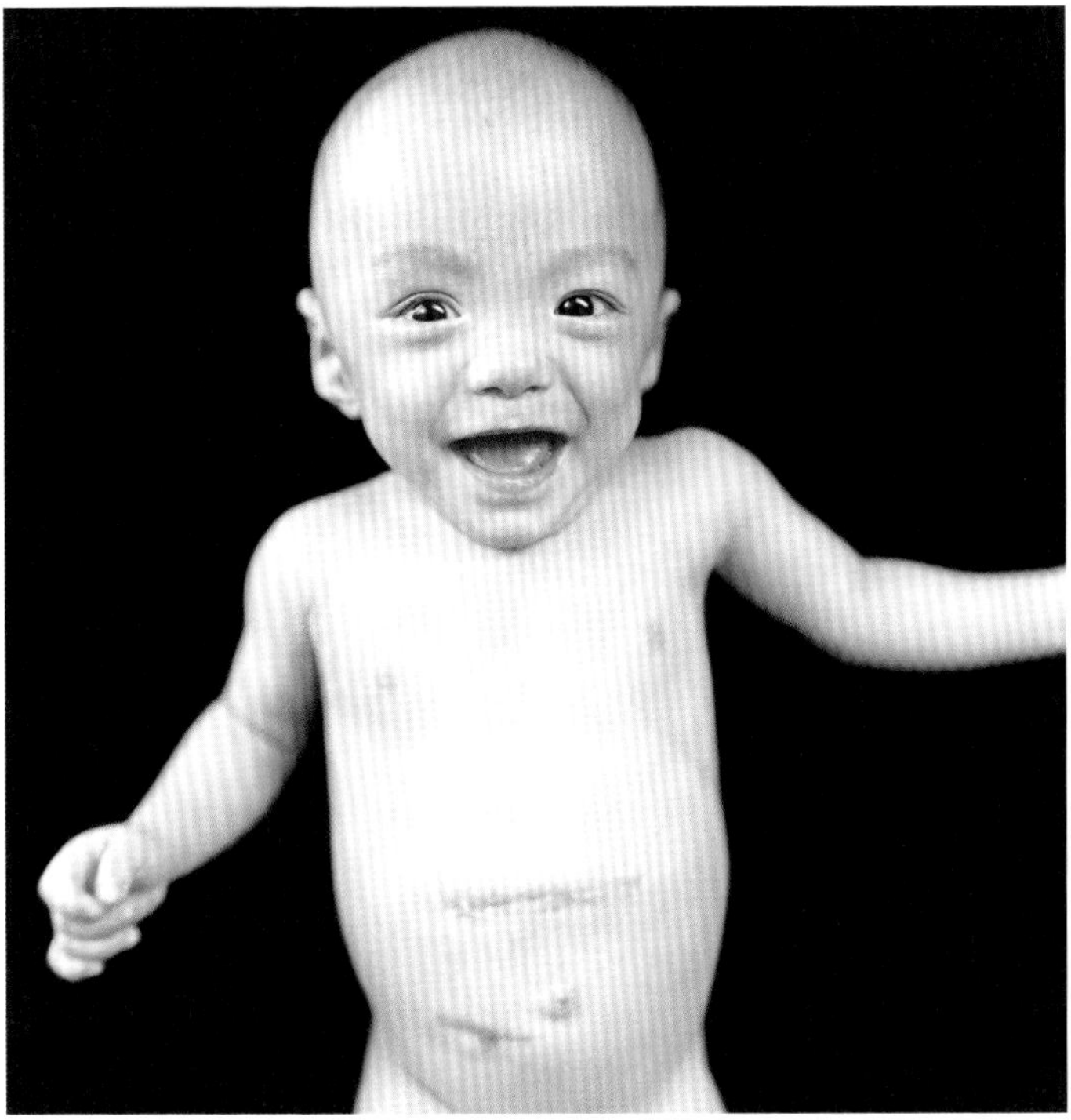

く多くのことを経験させて、そこから学んでほしいと思っていた。ちょろちょろと動きまわる奏ちゃんとふたりで初めて新幹線に乗るのは不安だったけれど、がんばって連れて行って正解だった。楽しい思い出として、奏ちゃんに刻まれたのだろう。

3歳児健診でも10単語ほどしか話せず、ブーブ（車）、アンパ（アンパンマン）、ちゃ（お茶）、ママ、パパ、パン、バイバイ、ババ（バナナ）、アポー（りんご）などで、二語文も一度「アップルおいしい」と言ったものの、つねに話すわけではなかった。

2018年12月29日。寝る前に、奏ちゃんが私の手のひらに頭をのせて、「ママすき」と言った。奏ちゃんの口からかすれた空気が出て、音に変わる瞬間だった。

そのまま寝息を立てて寝てしまった奏ちゃんの寝顔を見ながら、うれしくて涙がこぼれた。毎晩寝る前に、「奏ちゃん、大好きだよ。おやすみ」と声に出していたことが、ちゃんと伝わっていた。

今は寝る前に「大好き。アイラブユー。おやすみ。グッナイ」と、いっしょに言う。そのあとには、「ママ、だいだいだいだいだいだいだいだいだーいすきだよ！」と、奏ちゃんがつけ加えて言ってくれる。

1歳半から一時保育に通い始め、2歳からは認可保育園に入園できた。

奏ちゃんはほかの子どもたちと比べて小柄で、頭ひとつ分小さかった。園に通いはじめたころ、「おうちでスプーンを使う練習をさせていますか?」と先生に言われた。入園する際、自治体に出産時の問題や病気について別紙で提出したので園にも伝わっていると思っていた。「なんだったんだろう、あの用紙は」と気落ちした。ほかの子たちが使えるスプーンを、まだうまく使えなかった奏ちゃんが練習していないと思われてしまったことが少し悲しかったけれど、発達が遅いことを説明すると理解してもらえた。

保育園生活に向けて心配は山ほどあった。お迎えに行くと、ほかの子が座って絵本を読んでもらっていても、奏ちゃんだけふらふらたち歩いて、棚の物を落としたり、寝転んだりしていた。給食中も、よく立ち歩いてしまうと先生から聞いていた。

半年たったころ参観日があり、給食風景をのぞきに行った。立ち上がりたいのを我慢して、足をもぞもぞゆらゆらしつつも座っている奏ちゃんの姿が見えた。食事を出されると、「いただきます」をする前に、お皿の中に手を入れたりしてさわってしまうので、奏ちゃんの隣に先生が座るぎりぎりまで目の前にお皿は置かれなかった。それが「ああ、ほかの子と違うんだ」と、なんだかせつなかった。

運動会や、自分が主役のお誕生日会では、奏ちゃんは号泣していっしょに参加できず、なぜかカメラのストロボを怖がって泣いてしまい、集合写真に写れないときもあった。誕生日会の写真には、みんなの前にケーキが並んでいても、すぐさわってしまう奏ちゃんの前だけ何も置かれていなかったり、ポーズをとるみんなのなかで、理解できていない表情でぼーっと写っていたりした。

ほかの子との違いが出てしまうのは予想できていても、いつも胸の奥が少しチクッと痛んだ。

でも保育園は、そういった奏ちゃんの違いをいつも理解して受けとめてくれた。野菜を残してしまう奏ちゃんに、同じテーブルのお友達と先生が「がんばって！」と応援してくれて完食できるようになった。

あるときは、ごろごろと床をはいつくばって部屋に入っていく奏ちゃんに、お友達がみんな近寄ってきて、「そうちゃん！　そうちゃん！」と言いながら、いっしょに寝転がって奏ちゃんのほっぺたに顔をすり寄せて、迎え入れてくれた。子どもは正直だから、奏ちゃんの違いに気がついて「なんかこいつ変だぞ！」と、心ない言葉をかけられてしまう日が来るのではないかという私の心配は無用だった。奏ちゃんは保育園のみんなに支えられていた。

ある日、「おーいみんなー！」と、クラスのお友達たちに呼びかけている奏ちゃんを見た。奏ちゃん自身もしっかりクラスの一員になっていた。

私の視界は、涙でぼやけた。

3歳になる直前から、区の児童発達支援センター（療育）にも通いはじめた。

療育を受けるために区の小児科医の診断を受ける必要があり、初めて会った小児科医は診察後、奏ちゃんには「ＡＤＨＤ（注意欠陥・多動性障害）と自閉症スペクトラム障害の疑いがあり、精神運動発達遅滞です」と言った。私が「精神運動発達遅滞ってどういうことですか？」と聞くと、「知的障害です」と言われた。

私は奏ちゃんとほかの子との違いを感じていて、なんらかの障害があるのだろうと思っていた。けれど、友人たちはいつも「障害があるようには見えないよ」とか「そんな検査の点数じゃわからないよ」と言った。私はその言葉を聞くたびに、気持ちがもやもやした。そんな気遣いはいらないと思った。発達の検査を違う先生や違う形式で何回も受けて、どれも似た結果なのに、そして現に、いちばん近くにいる私がそう感じて

いるのに、その優しさはまるで、私がひとり考えすぎていて、間違いだと言われているような気持ちにさせられた。だから、この結果を聞いたときは、育てづらさの原因を示し、障害のせいだったのだと少し安心させてくれた。みんなと一緒だと思い込むよりも、向き合いたいと思った。

3歳10ヵ月のとき、『愛の手帳』4度をとった。障害者手帳の交付は、検査を受けて総合判定が85点以下だと対象となる。奏ちゃんは84点だった。健常児は100点が平均らしい。きっと今の奏ちゃんは、いわゆるグレイゾーンなのだろう。手帳が届いたとき、「障害者」という言葉の重みを感じた。でも、できるだけ活用して奏ちゃんの発達のサポートにしようと思った。

2018年に脊髄係留症候群と尿道下裂の1回目の手術をした。2019年9月には尿道下裂の2回目の手術を終えて、予定していた手術がすべて終わり、ひとまずほっとした。

奏ちゃんは3歳11ヵ月になっていた。体重は12㎏、身長は95㎝。小柄だけれど、なんとか成長曲線にも入り、3歳児健診では「ホルモン注射の心配もなくなりました」と言われた。

未熟児網膜症の経過も順調で、心配していた弱視もなく、先生が驚くほどよく見えている。正確ではないけれど、視力は0.8程度ある。

すべての手術の経過観察は、高校生くらいまで続くけれど、生まれてから初めて病気の心配がいらなくなった。

この本を書いている今、奏ちゃんは4歳9ヵ月。体重13kg（出生体重の26倍！）、身長100cm。気になっていた吃音はだいぶよくなり、お風呂に入りながら「あいうえお」表を指差して、「保育園のお友達の名前言って！」と私に言ってくる。「たろうくんの〝た〟は？」と聞くと、奏ちゃんは元気に「たいこの〝た〟！」と答える。そうやってクラスのお友達全員の名前と先生の名前を教えてくれる。「クラスのみんなも先生も大好き」と言っている。

保育園のやさしいお友達、奏ちゃんの発達を理解し、気にかけて、できないことを言うよりもできるようになったことをほめてくれる先生方に感謝しています。

奏ちゃんはまわりの人に恵まれ、助けられて成長しています。

みんな、ありがとう。

新生児科、産科、外科、脳神経外科、眼科、麻酔科、放射線科、泌尿器科の先生方、数えきれない数の看護師さん、助産師さん、受付スタッフのみなさん、皮膚排泄ケア認定の看護師さん、院内保育士さん、薬剤師さん、病室のお掃除のおばさん、病院でお世話になった方々、励ましあい、支えあったNICU、GCUのお母さんたち、保育園の先生、療育の先生、友人たち、家族、奏ちゃんに関わってくれた、すべての方々、そして、2年前に私が「奏ちゃんの本を作りたい」と言ったときから制作に協力してくださったデザイナーの宮崎絵美子さん、編集の五十嵐はるかさんに、心よりお礼申し上げます。

すべての赤ちゃんが、元気に育ちますように。

HOHOHOH
WARP
SPACE

自分は欲張りなのだと思う。奏ちゃんが生まれて、命の危機が去ってからは、欲が増えるばかりだ。

あんなに「命さえ助かれば！」と祈っていたのに、命の危機が去ると、「肝臓を守らなくては」「目が見えるように」「耳が聞こえるように」と願った。

奏ちゃんが成長するにつれて、離乳食をほとんど食べてくれなかったときは、「ほかの子は食べているのに。みんなみたいにちゃんと食べてくれたら」と、ご飯や野菜をすりつぶしては捨て、すりつぶしては捨て、を繰り返しながら思った。

奏ちゃんは少しずつ食べるようになると、今度は食べ物を投げまくった。お皿をスポーツの種目のように投げた。

高い椅子から食べ物を落として落ち方を見て楽しんだり、大人の反応をうかがったりするのはどの赤ちゃんもするけれど、知能的、精神的に発達が遅い奏ちゃんは、2年以上投げつづけた。私はほとほとうんざりした。

奏ちゃんは話すのが遅かったから、「いや」とか「やだ」とか言えず、寝転がって泣きながらものを投げつづけ、床や壁に頭を打ちつける自傷行為をした。そのとき近くにいた大人たちは、驚くと同時に白い目で見た。児童館に行けば、1個のおもちゃに数秒ずつさわっては次々に走って移動し、多動な奏ちゃんを見て、まわりのお母さん方から「大変そうですね」「私だったら無理」と言われていた。

私は写真や映像を撮ることで、一歩引いて冷静になろうとしていた。撮ったものをあとで見返しては笑った。でも、もっとおとなしく、育てやすい子に生まれてくれていたら、と正直思っていた。

とにかく、次から次へと欲が出てくる。もっと食べて、おとなしく、もっと言うことを聞く、いい子に…。

でも、ちょっと立ち止まって思い返す。本当は生きていればいいのだ、と。基本の願いをすっかり忘れてしまいそうになるけれど、一日の終わりに奏ちゃんの寝顔を見ながら思う。

今日も元気でよかった。

田尾沙織　（たお・さおり）

1980年、東京都生まれ。2001年、第18回写真ひとつぼ展グランプリ受賞。写真集に『通学路 東京都 田尾沙織』『ビルに泳ぐ』（ともにPLANCTON）がある。個展やグループ展などで精力的に作品を発表するとともに、雑誌や広告、写真集、映画スチールなどで幅広く活躍する。

大丈夫。今日も生きている

２０２０年10月８日　初版第１刷
２０２１年１月18日　初版第３刷

著者／田尾沙織

編　集　五十嵐はるか
発行人　小山朝史
発行所　株式会社 赤ちゃんとママ社
〒１６０-０００３
東京都新宿区四谷本塩町14番１号
第２田中ビル２階
電　話　０３-５３６７-６５９２(販売)
０３-５３６７-６５９５(編集)
http://www.akamama.co.jp
振　替　００１６０-８-４３８８２
印刷・製本　株式会社東京印書館


ISBN978-4-87014-151-3